海天阔处

李忠／主编

U0828780

古吴轩出版社

图书在版编目（CIP）数据

海天阔处 / 李忠主编 . — 苏州 : 古吴轩出版社，2022.12
（原味姑苏）
ISBN 978-7-5546-2041-0

Ⅰ . ①海… Ⅱ . ①李… Ⅲ . ①散文集－中国－当代 Ⅳ . ① I267

中国版本图书馆 CIP 数据核字（2022）第226729号

统筹策划：中共苏州市姑苏区委宣传部
《原味姑苏》品牌工作室
副 主 编：徐　词
执行主编：江南颐
责任编辑：李　倩
装帧设计：张　凡
责任校对：李爱华
图片统筹：于　祥
封面图片：王　鹭

书　　名：海天阔处
主　　编：李　忠
出版发行：古吴轩出版社
地址：苏州市八达街118号苏州新闻大厦30F
电话：0512-65233679　　邮编：215123
印　　刷：苏州市墨利印刷有限公司
开　　本：787 × 1092　1/16
印　　张：6
字　　数：107千字
版　　次：2022年12月第1版
印　　次：2022年12月第1次印刷
书　　号：ISBN 978-7-5546-2041-0
定　　价：28.00元

01

33

43

75

目录

冬至那天起，苏州人开始滋补御寒，吃羊肉、喝羊汤 于祥 / 摄

苏州的新年是从冬至开始的

文 / 吴迈

临近冬至，才下午四点多，天色就渐渐暗沉。没等到人们下班，华灯初上的城市又进入了一个漫长的冬夜。

以前每每这个时节，母亲望向窗外，总会念叨一句："赶冬至哉！"

没错，白昼越来越短，黑夜越来越长，像极了一辆狂奔的时光列车，正以一种神秘的速度赶向未来。这种赶冬至的节奏，伴随着冬夜刺骨的寒风，仿佛一年到头的疲累正在奔向一个颇具象征意义的终点。

冬至未来莫道寒

冬至这天，北半球得到的阳光最少，白昼最短。从冬至开始，历经九九八十一天后，冬尽而春来。

立冬以后的苏州，让人感觉更多的是深秋的意味。及至冬至前后，天气才会"作冷"，连续降温至冰点。记忆中，冬至前后常会偶遇苏城第一场雪，映衬着家家户户热气腾腾的暖锅，增强了寒冬降临的仪式感。这一天起，苏州人开始滋补御寒，吃羊肉、喝羊汤，身子弱的请大夫开膏方调理，一直吃到开春才停下。

三九、四九是一年中最冷的日子，老苏州们常掰着手指算，盼着快些走出这段严寒。有趣的是，如同入秋后有"秋老虎"，开春后，苏州还有"拗春冷"的说法。所谓"春打六九头，冻死老黄牛"，即立春那日，如果适逢六九第一天，这年开春就格外冷些。一开始听母亲这么说，我是不以为然的，春寒料峭嘛，后来发现这说法还真有点准。

不过，苏州人更笃信另外一句民谚："干净冬至邋遢年，邋遢冬至干净年。"这种带有占卜意味的说法命中率还颇高。一旦冬至下起了雨雪，苏州人会高兴地说：好哉好哉，今年过年有个好天气哉。

相传冬至大如年

在苏州，冬至这个日子并非只是二十四节气之一那么简单。它的的刮刮（吴方言，指的的确确）是苏州人阖家团聚的一个重要节日。而冬至前夕乃冬至夜，它与除夕的意味相似。清人徐士鋐有诗云：

相传冬至大如年，贺节纷纷衣帽鲜。毕竟勾吴风俗美，家家幼小拜尊前。

冬至夜饭开席前，苏州人家要“过节”。“过节”其实就是祭祀祖先或逝去的长辈。旧时家家都要挂喜神像（即祖先画像），磕头祭拜祖先，隆重者历时两三个小时。现在大多数人家已不再祭祖，但纪念逝去的亲人仍是家传的规矩。在团圆的餐桌上添上碗筷、酒杯，仿佛亲人在世时一样，共享天伦之乐。

苏州人过冬至仪式感很强 孙以檪 / 摄

冬至夜 孙以檪 / 摄

冬至拜冬，如同过年拜年。冬至前互赠冬至盘（冬至的礼盒）、冬至日吃冬至团等习俗如今早已淡了，而“冬至馄饨夏至面”倒尚存一些遗风。

熟食是冬至夜的抢手美食。那日，家家卤菜店都排起长队，陆稿荐、生春阳、一品香……一天下来，几乎家家都能卖空。熟食中羊糕是必不可少的。它似乎也是苏州独有的一种羊肉的做法——用猪肉皮熬成皮冻，与焖得烂熟的羊后腿肉煮在一起，冷却后，羊肉和皮冻凝固成一大块，再切片装盘。

冬至夜饭，冷盘热炒、暖锅羊糕，这些都不算主角，主角永远是冬夜中的白月光——木樨香绕的玉液琼浆—— 一年一度一相见之冬酿酒。

金屑醅浓吴米酿

一千一百九十多年前十月的一天，大诗人刘禹锡来到苏州，出任苏州刺史。而在此的五年之前，他的好友白居易正是从这个位置上卸任的，也差不多是十月。这是苏州人家酿酒的日子。

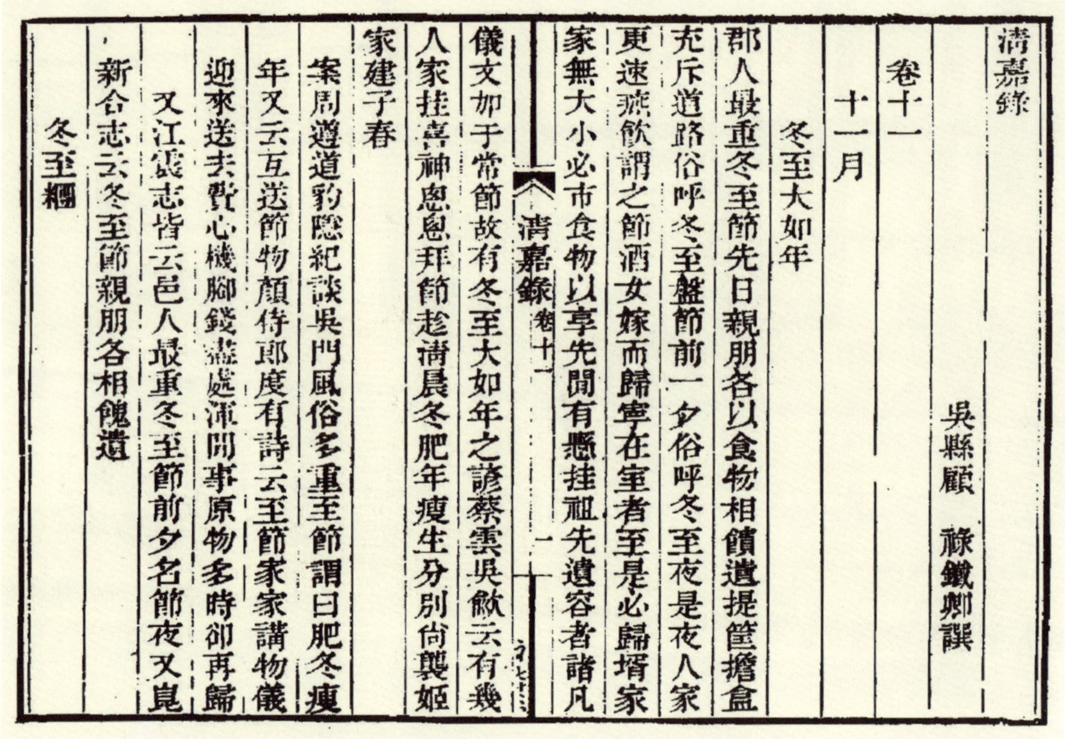

清嘉錄

吳縣顧祿鐵卿譔

卷十一

十一月

冬至大如年

郡人最重冬至節先日親朋各以食物相饋遺提筐擔盒充斥道路俗呼冬至盤節前一夕俗呼冬至夜是夜人家更速燕飲謂之節酒女嫁而歸寧在室者至是必歸壻家家無大小必市食物以享先聞有懸掛祖先遺容者諸凡儀文加于常節故有冬至大如年之諺蔡雲吳歈云有幾人家挂喜神悤悤拜節趁清晨冬肥年瘦生分別尚襲姬家建子春

案周遵道豹隱紀談吳門風俗多重至節謂曰肥冬瘦年又云互送節物頗侈鄭度有詩云至節家家講物儀迎來送去費心機腳錢盡處渾閒事原物多時卻再歸

又江震志皆云邑人最重冬至節前夕名節夜又崑新合志云冬至節親朋各相餽遺

冬至糰

清嘉錄 卷十一 一

《清嘉录》中关于“冬至大如年”的记载 杜祯彬 / 提供

刘禹锡懂得白居易，他将吴地最好的糯米寄给了三千里外的好友。白居易用吴米酿得好酒，醉酒当歌，恍惚间又回到了吴侬软语的苏州城。他提笔写下了这样的诗行：

柳枝谩蹋试双袖，桑落初香尝一杯。金屑醅浓吴米酿，银泥衫稳越娃裁。舞时已觉愁眉展，醉后仍教笑口开。惭愧故人怜寂寞，三千里外寄欢来。

“金屑醅浓”四字形神兼备，说的不正是苏州人心尖上的桂花冬酿酒吗？且不管它是不是我们冬至夜的那一口最爱，我都爱上了这“寄欢来”的好酒好诗。

没有好酒，好诗又从何来呢？

冬酿酒是米酒，取苏地产的香糯，加入桂花酿造。冬至夜寒，先将酒温了再喝。大概因为酒精度数很低，用杯用盅皆不过瘾，便取了白瓷碗来盛。素性温婉的苏州人在这一夜大碗喝酒，大口吃肉，岂不快哉！

这酒极适合妇孺，因此人人可把酒言欢。桂香淡淡，米香绵绵，酒色呈醇厚的柠檬黄，桂花点点缀其上，暗香浮动，清甜丝丝袭来。

也莫把冬酿酒看成普通饮料，不胜酒力的人喝多了亦有醉意。我独爱它带来的微醺感——脸红耳赤，心下其实清醒。这种形醉而神不醉的感觉，正好是写作的最佳状态。

冬至夜喝冬酿酒，真的只有在苏州。连邻近的无锡、常州以及上海都没有喝冬酿酒的习俗。苏州的冬酿酒也只售卖半个月，冬至夜一过，第二天就落市。

排队零拷冬酿酒的壮观景象每年仍在上演。苏州本土的阿爹好婆还是主力军，此外又增加了一些立志融入苏州的新苏州人。而记忆中的冬酿酒是母亲带着有橡胶塞的玻璃盐水瓶拷来的。宫巷，元大昌门前，冬酿酒一开卖，人们就开始排长队，每天长龙不断，一直到冬至夜，近三千甏的冬酿酒被抢光。店家只好对没买到的客人抱歉地说，开年再来吧。

冬酿酒仍是过冬至不可或缺的元素 汪徒 / 提供

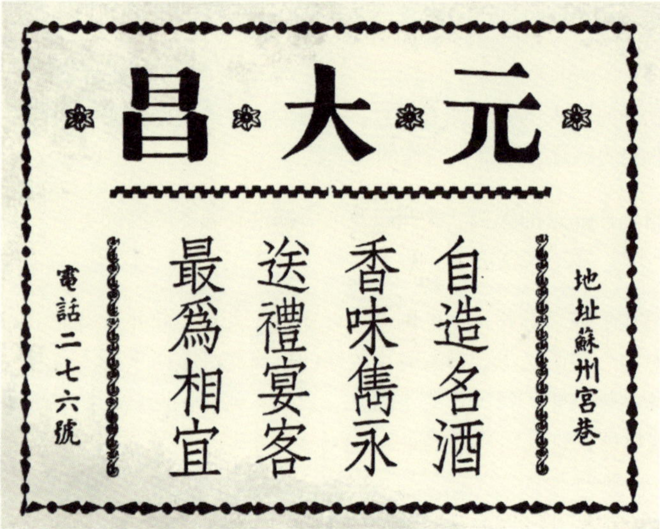

民国时期的元大昌广告 杜祯彬 / 提供

是的，一别经年，这抱憾与执着一齐被烙上了年轮的印记。毕竟，冬酿酒作为唯一特殊的存在，拥有再怎样铺张的仪式感似乎都不为过。

有人说，冬酿酒原名冬阳酒。我的祖父母、外祖父母、父母及所有土生土长的亲眷中，从没有人把冬酿酒叫作冬阳酒的。但我觉得，冬至过后阳气上升，冬阳酒之名在古代存在过也是有可能的。

尚袭姬家建子春

清人顾禄在《清嘉录》一书中写道：“吴门风俗，多重至节，谓曰肥冬瘦年。”这里所谓的肥冬瘦年，就是冬至大如年的另一种说法。而事实上，冬至或许就是苏州人曾经的新年。

三千年前，吴地尚为“蛮夷之邦”，而西北中原已具备当时社会较高的文明水平。相传中原的周族首领古公亶父的儿子泰伯和仲雍带领一批族人来到江南，在如今无锡的梅村建立了勾吴国，同时也带来了包括历法在内的中原先进文化，史称泰伯奔吴。

按照周族所使用的太阳历，勾吴以“建子之月”为岁首。农历的十一月，又称“鼠月”，是对应地支“子丑寅卯”之“子”的月份，此月排在第一。“建子之月”的节气冬至，是阴极阳生的转折，因此成为一年的开始。清代蔡云有诗云：

有几人家挂喜神，匆匆拜节趁清晨。冬肥年瘦生分别，尚袭姬家建子春。

二千五百多年前，强盛起来的吴国东征西讨，扩大自己的国家版图，也吸引了一批有识之士来吴国发展。伍子胥就是当时的新苏州人。他由楚来吴，遵照吴王阖闾的旨意“相土尝水，象天法地”，筑起了固若金汤的阖闾大城。从此，苏州成为吴国的政治、军事和经济中心。后来更是在一个又一个兴衰迭代的皇朝中独领风骚，成为天下粮仓、商业巨轮和文化引擎。

对于命运的眷顾、自然的恩赐，苏州人用知足来表达感恩与敬畏。对于一个绵延了三千年的节日，苏州人用坚持呵护着初心。

温柔的良夜，背后常透着世情的凉薄，所以才有“朱门酒肉臭，路有冻死骨”的诗句；所有黑暗吞噬光明的时刻，人类都流露出对生命无常的惶恐，所以又有“有钿吃一夜，呒钿冻一夜”的说法，直击人心，洞穿冷暖。因此，冬至这个节日也被赋予了悲悯的色彩。

元大昌门前每年都有市民排长队买冬酿酒的景象 于祥 / 摄

“送灶”亦称“祭灶” 于祥 / 摄

旧时太仓的祀灶习俗

文 / 龚志明

廿四夜“送灶”、除夕夜“接灶”、元宵节“祀灶”和六月“谢灶”，是古代太仓民间流传极广的传统习俗。在至今仍使用柴灶的农家，“送灶”“接灶”“谢灶”等习俗仍是过年时的重要内容。

送灶

“送灶”亦称“祭灶”。送灶日通常定在腊月二十四，清《乾隆镇洋县志》载：“腊月二十四日，扫舍宇，除尘，曰除残。以饧、饼祀灶神，同灯具焚之曰送灶。”《东京梦华录·十二月》中记：“二十四日交年，都人至夜请僧道看经，备酒果送神，烧合家替代钱纸，帖灶马于灶上。以酒糟涂抹灶门，谓之‘醉司命’。”而清代太仓诗人毕沅在《祀灶谣》中，则详细描绘了当时民间送灶习俗的全过程，包括送灶的供品、仪式以及对灶君的祈祷词等。

“送灶”前必须“拂屋尘”，就是打扫卫生。此俗源于神话传说。

传说，从前人身上附有看不见的“三尸神”，他常把人间的“坏事”暗记于墙上，再伺机报告天上玉帝。玉帝得悉后，待除夕晚，便命王灵官下凡杀生。灶君得知此事急中生智，命家家户户在除夕前将墙壁打扫干净。王灵官下凡后找不到事主过错的证据，便报知玉帝，玉帝便惩罚了“三尸神”。而人们很感激灶君的善举，因而对他更加敬重。

“送灶”就是敬送灶王爷。旧时，家家户户灶间有个灶龛，里面供着灶王爷。灶王爷又称“灶王”“灶神”“灶君”，人们尊称其为“司命菩萨”或“灶君司命”。传说，他是由玉皇大帝亲封的“九天东厨司命灶王府君”，负责管理各家的灶火，作为一家的保护神而受到崇拜。灶王爷自上一年的除夕以来就一直留在家中，每年腊月二十四，灶王爷要上天一次，向玉皇大帝汇报这家人的善恶。送灶就是在灶王爷上天述职之前为他饯行。

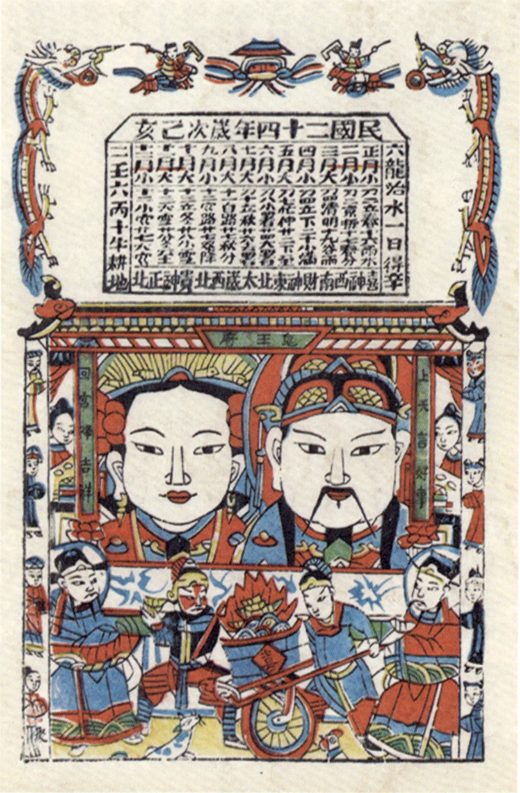

左上：“拂屋尘”，就是打扫卫生 于祥 / 摄 右：民国时期的灶王府年画 杜祯彬 / 提供
左下：祭灶要备足蔬果 于祥 / 摄

送灶前，家家都要备购各色果品、香烛及纸轿神像等祭品。在太仓民俗中，传统祭品里万万不能缺了麦芽糖。之所以用麦芽糖，是因为其糖性黏，以此粘住灶神的牙齿，让他在玉帝面前无法讲人坏话。可见，尽管灶神不像“三尸神”那么坏，人们对他仍是有所提防的，好在他也不难对付。

太仓的祭灶食物还和方言谐音有关。《双凤里志》记：“以糖、饼、慈姑、地栗祀灶，曰送灶。”地栗也叫荸荠，太仓话里“地”和“甜”音近，故地栗代表甜，用地栗祭灶，是想让灶王爷多说好话。而清《宣统太仓州志》则载：“以糖、饼、莳菇祀灶，焚灯具送之。”莳菇就是慈姑，慈姑在太仓话里和“是个”谐音，用慈姑祭灶，是希望灶王爷在玉皇大帝面前只说“是个是个”，少讲过失。

送灶神的仪式多在黄昏入夜之时举行，由家中的男主人主持。祭灶时，在已经悬挂供奉了一年的灶神像前，摆上供桌，放上鱼、肉、糖果、饼、酒、饭等供品，使灶神酒足饭饱。男主人口中念诵着“上天言好事，下界降吉祥”等祝词，家人烧香叩头为灶王爷送行。然后取灶间所用竹灯载灶神像，穿以竹筷作扛，算是灶神的舆轿。再将舆轿、灶帘等恭敬地移送至自家大门外焚烧。有的还加烧纸钱，作为他上天路上的盘缠。

接灶

相对而言，“接灶”仪式则比较简单。在送灶一周后的大年三十晚上，此时民俗认为，灶王爷带着一家人应该得到的吉凶祸福，与其他诸神一同来到人间。

全家人吃过年夜饭后等到半夜，在灶神龛前燃香，用酒、果、糕饵等物祭祀，再在门口对天施礼，郑重地将先前备妥的新灶神像置放入灶神龛内。灶王爷被认为是为天上诸神引路的，其他诸神在过完年后再度升天，只有灶王爷会长久地留在厨房间，继续新一年的工作。

接灶的时间多在除夕，但也有迟至元宵夜接灶的。明末时期曾为正月初四，《崇祯太仓州志》：“四日，设粉、饵祀灶，曰接灶。”清初期又改为元宵节，《乾隆镇洋县志》：“十五日上元节，设糍、饵祀灶，曰接灶。”直到清中期才正式确定为除夕夜，《嘉庆直隶太仓州志》载“除夕中夜，祀灶迎灶神，曰接灶”，并沿袭至今。

此后的元宵节，虽不再接灶，但太仓民间仍沿袭了其他的祀灶习俗。《宣统太仓州志》就有正月十五元宵节，家家祀灶的记载，而《双凤里志》则有上元节祀灶的说法。糯米团子是祀灶必备的供品。糯米团子既黏又圆，寓意为既可以黏住灶君的牙齿，又可以让他在玉帝面前讲些圆滑的话。

谢灶

六月，太仓民间还有三次祀灶，谓之“谢灶”。

谢灶是江南人独特的传统习俗，也是古代夏季祀灶之遗风。《礼记·月令》中讲：“孟夏之月，其祀灶。”可见祀灶最先是在夏季，以后才改为腊月。

谢灶定于农历六月初四、十四、廿四，分三次进行。民间谚语云：“三番谢灶，胜做一坛清醮。”打醮本身就是一项重大活动，把谢灶比作打醮，可见人们对其是十分重视的。明代以后，夏月谢灶一律改为以蔬果及面饼为主的素斋，这大概是夏季荤食不易保存的缘故。俗称“六月素”。与腊月送灶不同，六月谢灶的目的是让灶王爷请风神、雨伯帮忙，给个风调雨顺的好天气，让大家多收点稻谷、棉花。

太仓民间一年内有六次祀灶，足见民众对灶王爷的敬重。在百姓心里，祈求灶王爷保佑平安是最令人心安的事了。时代在发展，科学在进步。旧时城乡家家都有的灶头如今已被天然气灶、煤气灶所替代，古老烦琐的祀灶习俗也渐渐淡出了人们的生活，成为遥远而美好的记忆。不过，过年大扫除、干干净净迎新春的习俗却流传至今。

顾曾平 / 绘

小雪腌菜的儿时记忆

文 / 应桂明

咸菜，常常被看作是不登大雅之堂的菜品，几乎就是清苦、贫穷、简单生活的代名词。这几年又与有碍健康的亚硝酸盐沾边，不为人所喜。而在民间，却有“小雪腌菜、大雪腌肉”的民俗。

腌菜历史可追溯至3000多年前的周朝。长沙马王堆西汉古墓就发现了世界上最早的腌制的酱菜实物。北宋孟元老《东京梦华录》中就有对当时腌菜盛况的描述：“冬月无蔬菜，上至宫禁，下及民间，一时收藏，以充一冬食用，于是车载马驼，充塞道路。”苏州作为具有2500余年历史的古城，自然在民间早有此风俗。

20世纪六七十年代是个连豆制品都要起早排队凭票购买的时期。在寒冬季节，大雪腌肉几无印象，而小雪腌菜却是快乐多多，暖意满满。

儿时住在古城区书院巷一个有着20来户人家的大院里。小雪时节寒风乍起，母亲和大院的大人们就开始盘算着腌菜事宜了。苏州人家的腌菜与其他地方有些不同——不是白菜也不是青菜，而是一种学名叫雪里蕻的青头菜。因其长老后菜梗会泛红，故又有一个充满诗意的雅称——雪里红。

这种菜价格便宜，根茎细长，腌后在鲜咸中有种特别的清香，自然成为精明节俭的苏州主妇们的首选。腌菜时节，人口多的家庭一买就是几十斤，一腌就是一大缸，一直要吃到春暖花开，春菜上市。

那时胥门万年桥东堍南侧沿河有一个农产品交易集市，桥下方是舟楫相靠，进城卖菜的船只将河岸挤得满满当当。雪里红上市时节，集市的生意更是红火。由于买菜量大，买家各显神通，运载工具五花八门：有两轮的自行车和铁杠拖车，有三轮的黄鱼车，也有自制的简易的四轮轴承车……虽未达古人“车载马驼，充塞道路”的程度，却也车来人往，川流不息。

母亲总要同我哥到胥门船上买菜。因为那里的雪里红既多又新鲜，价格还便宜。我则像跟屁虫一样，和两三个小伙伴乘在哥哥借来的黄鱼车上，穿街走巷一路向西。大人们在船上挑挑拣拣，讨价还价，我们早已急不可耐地在船上撒起了欢，从船头跑到船尾，从此船跨到那船，船越是晃悠我们越开心，直到船老大光火才不情愿地灰溜溜下船。满载而归时，我和小伙伴们只能气喘吁吁、满头大汗地跟着车一路跑回家。

雪里红买回来，大院便闹猛起来了：王家阿爹 30 斤，朱家好婆 40 斤，吴家师母 50 斤……一会儿就瓜分完毕。遇上菜不够分，就再跑一趟。而我们也乐此不疲。

雪里红入缸前需要清洗晾晒。那个满城晒菜的场景真是壮观：大街小巷，院内路边，家家户户晒菜忙，满眼皆是雪里红——长凳、门板、竹帘、晾衣竿，桥栏、水泥板、窗台乃至屋檐上……目光能看到的空地，都是雪里红的舞台。真是一幅幅充满烟火气的姑苏市井风俗图！

雪里红经过了阳光的照射，水分收干，苗条细嫩的身段变得柔软了许多，这就可以进入清洗的环节了。此刻大院的井台上又呈现另一番闹猛的景象——

尽管初冬的风使人感受到阵阵的寒意，但井水却是暖暖的。大人们会不约而同地搬着小板凳和木盆来到井台，摆开了阵势，一边洗菜一边讲张。聊完了家长里短，一大堆菜在不知不觉中也就洗完了。

雪里红洗净再晾干后就可以入缸了。那时缸甏几乎是每家每户的家常之物，形状各异。我家那只是齐腰深的大缸，平时盛水，冬天用来腌菜。

左：晒菜 于祥 / 摄 右：洗菜 孙以檪 / 摄

晒菜 孙以檪 / 摄

母亲是腌菜高手。她把雪里红均匀放入缸中，铺一层雪里红，洒一层盐，层层叠叠，最后把一块沉甸甸的石鼓墩压在上面，便大功告成了。

时过半个多月，我就有些迫不及待地催着母亲启缸尝鲜了。

雪里红看上去不起眼，却是最接地气的菜，犹如中药里的甘草，是菜中之百搭——它能荤能素，可与鱼肉、青椒毛豆等为伍；能炒能汤，可同笋丝、番茄等搭配；能生能熟，可直接作为早餐酱菜；能多能少，可作菜品的主料或辅料。

而母亲总能像变戏法一样，做出以雪里红为主色调的各种菜品，令我百吃不厌。印象最深的一道菜是雪里红与胡萝卜丝、姜丝及黄豆的混炒，咸、甜、鲜、香、辣多味俱全，令人食欲大开。这道菜一直是母亲在这个时节的保留节目，似乎也是一种迎接春节的仪式。因为吃到这道菜，我就知道，快过年了。

时过境迁，人们的物质生活得到极大提高和改善。“小雪腌菜、大雪腌肉”的风俗虽然还在一些地方延续，但已然日渐式微了。自制的雪里红难见踪影，取而代之的是人家阳台屋檐挂满的鸡鸭鱼肉、香肠火腿。然而，每当寒冬季节馋虫上头，我惦记的，仍然是母亲亲手腌制的雪里红和那道混搭的雪里红萝卜丝炒黄豆。

雪里红经过母亲的巧手，便有了不一样的味道。这，便是“妈妈的味道”吧！

顾曾平 / 绘

翁同龢过年

文 / 胡伯诚

光绪十六年（1890），农历庚寅，翁同龢正寿六十岁了。他是道光庚寅年（1830）出生的，属虎。

年过六十，朝廷有规定，一些礼仪性的活动，不必“陪祀”，所以，今年过年，翁同龢轻松多了。

年关送灶

但人过六十，身体上的小毛病也渐渐多了。

临近年关，翁同龢身体一直不妙。吃粥、吃春卷、吃八宝饭，均是少许。夜里屡咳屡呛，睡不解带，躺不就枕，以致白天昏昏然。

无客来，但官事不免。送灶之日，慈禧太后向光绪帝师傅颁赏御书御画，福寿斗方，以感谢师傅们一年的辛苦。好在南书房另二位同事孙家鼐与松溎也获此殊荣，上表谢恩之类的事，可以叫孙家鼐代奏。孙家鼐是咸丰九年（1859）状元，松溎是翻译进士出身，光绪帝的满语老师。

做皇帝的师傅，皇帝不发工资，师傅们的工资是在外廷领的。官位显赫，自不必说。翁同龢是户部尚书，孙家鼐为左都御史，松溎是崇文门副监督。崇文门是外埠进京的唯一纳税通道，地位之隆重，超出世人想象。出任崇文门监督的，是皇族最信任的人。

春联迎新

过年了，有些事不得不做，譬如写春联。旧式人家，门上有门联，所谓贴春联，就是将新联贴在门联上。此事不做，别人会以为这家死了人，不吉利。大清年间，贴春联不仅贴门联，每一进厅堂的柱联都得贴，万象更新。所以，贴春联是过年度岁的重大节目，当家人十分在意。腊月廿七，翁同龢就动手写春联了。第二天，又理了发，精神多了。张之万、徐桐、汪鸣銮、孙家鼐等闻讯都来探望，皆大欢喜。

除夕获赏

除夕，翁同龢照例于寅时（早上五点前）起身，这是他的老习惯了。因为早上七点皇帝要驾临保和殿，赏诸臣荷包。

皇帝赏赐的荷包叫“八宝荷包”。有两层含义：荷包是皇帝贴身之物，表示亲近；荷包内装的心爱之物，表示恩宠。在雍正年代，云贵总督鄂尔泰收到的荷包中，有“金银宝玉二十八枚”；两江总督范时绎收到的荷包中，有“金玉八，吉祥十六件”。虽然有点俗，大吏们也不缺钱，但终究是皇帝的一份心意。至于光绪皇帝钦赐的荷包里装点什么，翁同龢日记没有明写，一笔带过。

按照清宫规矩，皇帝赏赐的荷包，受赐当天要悬在颈间、挂在胸前。这一细节，翁同龢倒是记录过的。

初一写虎

正月初一，翁同龢寅初即起，磨墨写“虎”字数十幅。翁同龢很在意这个“寅”——他寅年出生，寅为虎，虎年写虎字，特别选在了寅时。

还有一个为人所忽视的原因：他的父亲翁心存是寅时去世的。严格点说，是寅初一刻。正是这个时间点，时时向他输送着一种力量。他写的“虎”字，淋漓纵逸，如对神明。

后来他写了一首诗，透露了彼时的心迹：“不画桃符画虎符，人皆笑我太迂疏。须知正气森森在，疑有神灵百怪趋。”（《壬寅元旦画虎字》）

人生越是不顺利，人也就越虔诚。而常熟翁家“衰象早形”，是翁同龢的一块心病。光绪十四年（1888）过年的时候，他就有这种感觉了。

京城拜年

过年，对翁同龢来说，比平时更忙。首先是家事，焚香告天，在祖先真容前行礼，都是必不可少的礼仪。入朝，先随皇上至慈禧太后居住的慈宁宫行新年贺礼，一个时辰后，再到太和殿向皇帝行新年贺礼。国家典礼结束，翁同龢立即更衣，易下蟒袍补服，赶往贤良寺行礼。贤良寺供奉着国家杰出人物，其中就有他的父亲翁文端公心存。翁心存官拜体仁阁大学士，于同治元年（1862）奉旨入祀。

整个北京城的拜年，翁同龢是划片处置的。根据轻重缓急，先北城、西城，后东北城，需耗时两天。翁同龢在北京没有亲戚，值得他到处拜年的，职务与资格都比他大，他曾创下在一天之内起跪五十四次的纪录，而叩头的次数是这个数字的三倍，所谓一跪三叩头。

左上：翁同龢像　左下：张之万像　杜祯彬 / 提供
右：翁同龢所书“虎”字　杜祯彬 / 提供

骑马放飞

光绪十六年的正月初三，或许是翁同龢在北京过年中最为清闲的一天。他居然有暇骑马数里，放飞自我。

说到骑马，这就涉及翁同龢的隐私了。翁同龢是官二代，学骑马，真不算是事。在他光绪二年（1876）的日记中，就有在前门市场骑马将脚背摔骨折的记录，说明他训练有年了。他脾气急，而骑马，能治卞急之性。他还有遗泄之症，都是因为坐得多，运动得少。譬如光绪帝，譬如潘祖荫，譬如宣统帝，都有此疾。骑马对此症有一定疗效。

光绪二十年（1894），翁同龢已六十四岁，还能骑马到署，进出西华门，令人羡煞。有一次，他的马鞍居然还被人偷了，损失不小。翁同龢有管理国子监之职，老爷子时不时会骑着马到成均朝房去小憩。北京的国子监，在成贤街上，与孔庙相邻，整条街红墙蓝瓦，绿荫铺地，非常漂亮。作为读书人，笔者每次进京，必去成贤街。回想翁同龢当年，能在这条街上悠悠地遛马，这种感觉真是太好了。

初五团拜

正月初五，户部官员新春团拜。团拜是大清官场的一大进步。以往，官员们都是互相拜年，遵循着儒教礼法，所谓来而不往非礼也。

光绪十六年，张之万以体仁阁大学士、军机大臣之尊总理户部事务。翁氏日记写道：“午正到署，诸公先在，唯南皮后来，各司上堂遍揖之，画诺不少。”张之万是直隶南皮人，称他“南皮”，虽无贬义，但也不含恭敬。总体而言，翁氏行文，略带酸味。

张之万与翁同龢各居政治跷跷板的两头。光绪十年（1884），翁同龢被逐出军机处，张之万接任。翁张之间，没有剑拔弩张的利害冲突，互相承认各自的政治领地。翁同龢全凭光绪帝师傅的特殊身份，背后有醇亲王撑着，才站稳脚跟。

张之万曾任江苏巡抚，住在拙政园。苏州官绅对他印象不错。

开工上课

年初六以后，一切恢复正常。翁同龢继续他的“毓庆宫行走”。早上六点半，光绪皇帝进书房。翁同龢跪贺新年大吉，九点下课。然后在内务府食堂用饭，也说不出是早饭，还是中饭。反正翁同龢于清晨四点就进宫了，他是户部尚书，年后的第一次奏事，他必须到的。

这个年，算是过去了。

小巷深处 作者 / 摄

从酱油弄到东升里

文 / 倪熊

酱油弄是平江路上的一条背街小巷。它西接肖家巷，东通东升里，是临顿路进肖家巷的第一条支巷，在我常去的鹿人画廊的后门。

酱油弄名不见经传。既没有引人注目的豪门院宅、大户人家，也不是非走不可的交通要道。它隐于深巷的犄角旮旯中，曲里麻拐，稍不留神就会晕头转向。

咸鱼翻身的酱油弄在一夜之间火了，因它边上的东升里成为人潮汹涌的“网红打卡地”。准确地说，是酱油弄造就了东升里。

大约是2020年春天的时候，一场“我画苏州”的活动在酱油弄展开。中外艺术家用涂鸦、墙绘、装置等城市时尚艺术形态，表达对苏州的爱，要将平江路的这些背街小巷打造成时尚街区。

张玲在绘制“爱你爱到儿孙打酱油” 作者 / 摄

酱油弄迎面一堵长长的白墙最先映入眼帘。画家贺文斌率先在此创作了视觉冲击强烈的黑白人物系列作品。鹿人画廊主人张玲、周国强夫妇则见机行事、因地制宜，在自家后面的围墙绘制了蓝白色相间、色块鲜明的希腊“爱情岛”主题作品。

随后，几十位中外艺术家用各自的绘画元素和语言在墙上手绘出“我爱你”的涂鸦，表达出了一种“爱你爱到儿孙打酱油”的境界。满墙的涂鸦被走过路过的小情侣和“学生党”无意间邂逅，迅速在网络中蹿红。寂寂无名的酱油弄一下子热闹起来了。

后来又有了东升里的创作。

法国人闻风而动。法国美术家协会主席雷米和苏州艺术家张玉瀛对街巷进行了整体和谐度的规划与把控。巴黎美院 7 位法国著名艺术家与活跃在当代艺术前线上的 9 位本土艺术家——王晓东、张玉瀛、沈俊杰、乔万华、张世英、曹春辉、吴霞靓、刘平、姚芳华组成了阵容强大的创作团队，以“大隐于市”为主题，用墙绘的形式对东升里及志恒里文化艺术长廊进行艺术创作和美化升级。

入口处的“时空之门”由东升里设计师汪拓设计，其余7组墙面由中法艺术家组队联合设计。艺术家们三两组合实属不易，加之语言沟通的问题，一时间隔空自说自话吵作一团。不过这些都成为日后的插曲和趣闻。

一切的一切，都是为了给东升里、平江路和苏州城奉献一个完美的画面，一个让人耳目一新的艺术街区。

因为疫情等原因，法国艺术家不能到现场，作品最终都是由中国艺术家绘至墙上的。酱油弄、志恒里和东升里的墙绘主题分别是“不准分手”“大隐于市”“东升邻里”。这年临近年底，东升里文化艺术长廊正式揭牌。

仪式颇为隆重。点睛之笔，是远在布宜诺斯艾利斯的阿根廷著名艺术家——90多岁高龄的塞拉托女士与其子——在苏州的卢西恩博士，和本土艺术家姚芳华共同完成的长近20米、高近3米的《执子之手》巨幅墙绘作品同时揭幕。这件作品的灵感源自法国著名浪漫主义诗人阿波利奈尔于1905年创作的一首爱情诗。这也是东升里文化艺术长廊重点打造的中国爱情墙——“不准分手墙”的起始部分。

贺文斌作品 作者／摄

上：东升里涂鸦

下：阿根廷著名艺术家塞拉托作品《执子之手》，是她与其子卢西恩博士和苏州艺术家姚芳华共同完成的 作者 / 摄

法国艺术家作品 作者 / 摄

终于，悠悠 2500 年的古城与现当代艺术又有了一次深深的碰撞。江南的粉墙黛瓦邂逅了新潮明艳的艺术涂鸦，斑驳外墙不再只是让人浮想联翩的雨漏痕和花格窗，有厚重年代感的小巷一扫暮气，变得莺歌燕舞，与青春作伴。

古街老巷曲折绵延，承载着世代人们对美好生活的期许与向往。而在多元文化融合的今天，一直会有不一样的故事发生。从酱油弄到东升里，便是一段正在讲述的故事……

古老山村的异国情调 作者 / 摄

创意旺山村

文 / 钟麟

旺山生态村是苏州人和外地游客都很喜欢的苏南山村。它位于尧峰山、叆叇岭和七子山之间，自古就多有佛、道、儒家人物于此避祸、隐居、著书，和一般的田园村落相比，多了些人文祥瑞之气，是块福地。

它最近的一次福缘，是迎来了国家级旅游景区的评审。据说考察组对于太湖周边的美景本就赞不绝口，然后午餐吃了旺山村的红烧扎肉，美景与美食相得益彰，让考察组更觉得满意了。于是，旺山景区作为苏州（吴中）太湖旅游景区的一部分，升级为国家 5A 级旅游景区。

审视自己

旺山的兴旺，得益于十年前的一次修志。

盛世修志。旺山村在这件事上下了大功夫。他们请了北京的专业修志团队，花了四年的时间写作，又邀请地方志书专家评审，最终成书。书里关于旺山的历史掌故、民俗风情以及山川人文，记录得非常多且有趣。这令许多旺山人都觉得自己肤浅了。

旺山村的老书记周奎元是旺山的活字典，对这里的一切如数家珍。他说旺山成村在明朝，有六百多年历史。2013 年，旺山村有居民两千多人，鉴于许多过往的历史随着村里的老人相继离世而消散，村委会决定修志。

时尚旺山的幕后推手王森 作者 / 提供

周奎元提到了旺山村村史中一个重要人物——尤怀皋。他说尤老先生对于旺山村的农商教育都贡献非常大，旺山村村民一直很感激他。他们家族的祖坟就在旺山，现在维护得很好。二十世纪二三十年代，尤先生在旺山办了一所现代意义上的小学——薛家湾小学。师资，学校的管理架构和运营模式，建房，购置桌椅，都是他一手操办的。

近现代的旺山村从来不排斥现代文明。一个旁证是，二十世纪六十年代，一座民国年代的女子墓被挖掘，在里面发现了保存完好的丝袜、钢笔、胭脂等陪葬品，这些在当时都是高档的潮物。

旺山村村志里涉及近现代的事迹颇多，仔细玩味起来都很有意思，很适合年轻人在这里展开“剧本杀”。而美丽的江南景色、厚重的人文历史和时尚的当代文创这三者的完美结合，使旺山村这个不起眼的小村落呈现出与众不同的魅力，成为年轻人追捧的“网红打卡地”。

对接世界

旺山景区内除了有九龙潭、宝华寺、西施潭、叆叇岭等名胜外，近些年来还打造出了微缩版卢浮宫、巧克力博物馆、隐君子陶艺、油画等文创类体验项目，走出了一条农文旅融合发展的特色之路。

旺山村的休闲时光 老郎 / 摄

原野民谣 老郎 / 摄

而它的幕后推手，是个叫王森的外地人。王森是个很有想法、喜欢玩“跨界”的年轻人。他在游览过很多欧洲的古老乡村和文创景点后，萌发出把国际元素与江南文化进行“嫁接”的奇想。经过几年的努力，“旺山遇见卢浮宫”的文创园由蓝图成为现实。

在这个创意园里，欧式的建筑、雕像、喷泉乃至西式餐饮与村庄里的青青茶园、热门的农家乐完全没有违和感。烟火味之外还多了几分文艺腔，很是让年轻人着迷。更重要的是，王森麾下汇聚着二十来位技能世界冠军，这当然是旺山村求之不得的——王森之前是西点研制专家、烹饪培训权威，他的门生在世界技能大赛中屡屡斩获烘焙金牌，很是威风。

旺山遇见卢浮宫创意园分为主题餐饮区、生态茶园区、文创展示区、风情民宿区、萌宠互动区、自然教育与户外拓展区。目前已经有三十多个项目、百余名高技能人才入驻。王森希望把这里定位成亲子游和宠物游的胜地。为此他还设想在山坡上做一个一百九十米长的充气的大兔子来申请吉尼斯世界纪录，要搞类似国外火人节一样的创意空间和音乐节，建占地百亩的宠物自由乐园。“在那里，宠物们是可以自由玩耍，不用牵绳的。”他说。

王森总是感叹，太湖的山水资源和历史人文都太好了，“这些是接地气的创意的起点，也是构建现代性和国际视野的原点”。在他看来，整个太湖景区完全是可以打造成世界级的景观的，而旺山只是开始。

上：创意园里的巧克力博物馆 下：创意园随处都有这样的休憩场所 老郎 / 摄

左：作者（右）与蒋雷合影　右：蒋雷近影 作者 / 提供

另类文化创意：友谊

文 / 车前子

一本旧书让两个人有了联系，也让更多人有了回忆。后一句，当然是假说。

那天读到蒋雷的随笔，写他携妻女去法国旅行（“携”字放在这里不好，有男权色彩，说不定是蒋雷妻儿携蒋雷去法国旅行），第一站罗丹美术馆。他说，到了巴黎，不先去卢浮宫、凯旋门、埃菲尔铁塔，而去罗丹美术馆，这个要从四十年前说起：“1979年还是高中学生的我，花五角八分钱买了一本沈琪译、吴作人校的《罗丹艺术论》。”

《罗丹艺术论》让两个人有了联系。我也是那一年买了这本书，花了一块钱。我在苏州小地方生活，好书买不到（蒋雷那时生活在省会，接触的东西多），要从书贩子那里加价买。我和某书贩子熟了，他至多加我一半钱。我还记得他，他是长风机械厂青工，父母是医生，他混了长病假，在玄妙观贩书。他给我的价格比较便宜，《复活》也只加我一半钱，卖其他人，要收四块钱。

1979年的蒋雷是高中学生。其实至今在我看来，他还是高中学生，这是我对他最为“点赞”处。

蒋雷虽然经历丰富，但一脸天真，浑身青春。好像世界上不愉快的事从没有到他那里旅行过。

首先，我把蒋雷定义为旅行家。蒋雷家里挂着一张《世界地图》，他去过的地方，勾一个圈。我远远看去，以为大师杰作，画了一头变形金钱豹。

有一年我在斜塘老街喝茶，看到一个人仿佛怀抱篮球，艰难地走着。仔细一瞧，原来是蒋雷。他告诉我他得了渐冻症，放弃治疗，每天走路。说这些的时候，他是微笑的——继续一脸天真。只是旅行变得困难了。但他一点也不懊恼，他说旅行是种感悟，只要不停止感悟，就是旅行。

尼泊尔印象之鱼尾峰之晨 蒋雷 / 摄

其次，我把蒋雷定义为摄影家。这个不用我定义，他本来就是。家学渊源，十一二岁时他就开始拍照了。他的第一台照相机是海鸥牌的。做摄影的人都记得自己第一台照相机，写书法的若要问他用的第一支毛笔什么牌子，就很少有人答得上来。所以说摄影家的初恋是照相机。

我把蒋雷的照片看作言情一派。“情不知所起，一往而深。生者可以死，死可以生。生而不可与死，死而不可复生者，皆非情之至也。”汤显祖《牡丹亭》题记，也可以做蒋雷照片注解。

“白日消磨肠断句，世间只有情难诉。”于是顺理成章，蒋雷是友谊家，古人所说之情，并不限于男女，还多是朋友友谊。

蒋雷常常招呼朋友吃饭。那一年斜塘相遇，他约我第二天吃饭。我说：“你女儿临近中考，这个事情天下父母都觉得是大事，你也暂且把它作为大事吧。等你女儿中考结束，我来一醉方休。”

左上：上帝之声　右上：水乡梦醒

左下：黄山云河　右下：远眺湖西　蒋雷 / 摄

每次吃饭，蒋雷的话题就是朋友。没来的牵挂，在座的送去温暖。德勒兹提出过一个假说：为了形成和某人的友谊基础，我们每一个人都倾向于抓住个人魅力的某种标志。换句话说，友谊是“个人散发出来的魅力”这个概念的结果。通过这种魅力，我们感觉到另一个人跟我们是合拍的。他可能会提供给我们某些东西，可能会打开并唤醒我们。蒋雷用友谊唤醒了自己的旅行和摄影，也用友谊唤醒了我们的日常：友谊是另类文化创意，根本上它是付出与非功利的。

南极，雪丘岛，帝企鹅栖息地，2018年 李敏/摄

李敏的视角和宝物

文 / 华迅

异相有二：一类相迥异于常人，稀有，异在奇；一种内外相迥异，如南人北相。李敏属后，面貌敦厚，为人本分，思想却追异求新。

从黄鹂坊桥步入汤家巷，一百米开外，会看到一栋风格现代简约的房子，里面藏着一个私人展厅，陈列了主人从世界各地拾回的稀罕“宝物”。李敏这些“宝物”，衍生自他的摄影旅途。

打开心灵的秘境

儿时李敏常去父母上班的照相馆，熏陶潜移默化。工作两年后，他倾尽积蓄入手了首架相机，开始拍风光照片。1986 年结婚旅行，他选择去九寨沟，彼时九寨沟还极冷僻，途中只遇着一个中国地质报的记者。

后来他投身商务，业务渐入佳境，但摄影却因此中断近十年。有了经济支撑的他在 1998 年重拾摄影，常与各地同好结伴去野外旅行。添置了玛米亚中画幅、林哈夫大画幅相机后，他的兴趣偏向大地摄影，摄影足迹愈发偏远。

2006 年的一次西藏采风让李敏的灵魂被无限和永恒震撼，他的思维变得异常活跃，身体和感觉异常敏锐。自然秘境打开了他内心的秘境，大自然的生命律动在他身上共振。他顿悟，这才是他要寻找的精神归宿。

他开始迷恋苍凉的无人区——罗布泊沙漠、阿尔金山。他感动于天地间浑朴、纯粹、隐秘、坦诚的力量。“面对万丈冰川，人类是多么渺小，生命是多么短暂，人际的复杂在深邃的时间面前是多么幼稚可笑！”

他的摄影有了质的飞跃。他开始专注于自然带给他的震撼，想拍出直击心灵的现场。每次拍片回来，坐在电脑前回看，他总遗憾照片损失了在场原生的力量。境外旅游开放后，李敏的足迹远至非洲大陆、复活节岛、格陵兰岛、北极和南极。

左：李敏工作照 右：《水的形式》摄影展 李敏 / 提供

第二次去北极时，他特意选择了当年的首航。核动力破冰船顶开冰盖，伴随沉闷的声响，冰缝一下可裂开几公里，这种力量深深地打动着他，他用二维平面照片，记录下这种力量。

当其他人的镜头对准浮冰上的北极熊时，李敏则在关注北冰洋的洋流。北冰洋的水蕴聚着巨大能量，它与浮冰一起构成天然的抽象画面。李敏的这个系列让车前子感受到了新意，他力促李敏办个展览，并提议就叫“水的形式”。

《水的形式》终于在金鸡湖美术馆展出，这是李敏的第一个摄影展。

许死亡新的生命

旅途中，李敏无意中找到另一种意义。

2013 年，他去塞伦盖蒂草原拍摄动物。在乞力马扎罗山麓的国家森林公园，路边一团不起眼的植物残骸吸引住他。荆块连着枝叶，叶子已被时间镂空得只剩筋脉，极具天工之妙。他顿时眼睛发光，要将其带回住地。

当地导游告知，这里任何一物都不允许带出。李敏通过翻译，讲述此物之美。导游被他的诚意打动，帮他协调，终于让他带出了。

他一路对其呵护备至，将其完整带回苏州。分享给朋友，朋友看后大加赞赏。自此，旅途中每到一地，李敏都要寻找带回他心仪的地标物。

在格陵兰岛的海边，一根造型优美的枯枝吸引住他。周围并无类似植物，估计是随海水漂来的，已被浸泡得枝皮枯脆，枝皮随时都可能剥落。他在行李箱留足空间，歇息下来，时时留意，并最终将其周全带回。他将之称为“一次挑战”。

他给自己定了个规矩：带回这些地标物，就要为它们开启另一段生命旅程——除了保存植物的完整，还会保留些泥土或周围的小石子，让它继续呼吸，自然变化，决不人为干预，并与它们终身相伴，让它们成为自己生命的一部分。

在南极，他收集到了帝企鹅掉落的毛；在格陵兰岛，他收集到了鸟类残留的骨骼和鸟儿破壳后余留的蛋壳；在稻城亚丁，他发现路边一丛小花恰巧开在一坨牛粪上，于是就连同风干的牛粪一起采集。

在罗布泊，他的收获更丰：有像烟叶一样的树叶，像耳朵一样的枯木，甚至一个可乐罐头——遭无数车辆碾压，依然倔强地保持着尊严，这触动了他的思绪。

格陵兰迪斯科湾—伊卢利萨特冰峡湾的冰山，2019年 李敏 / 摄

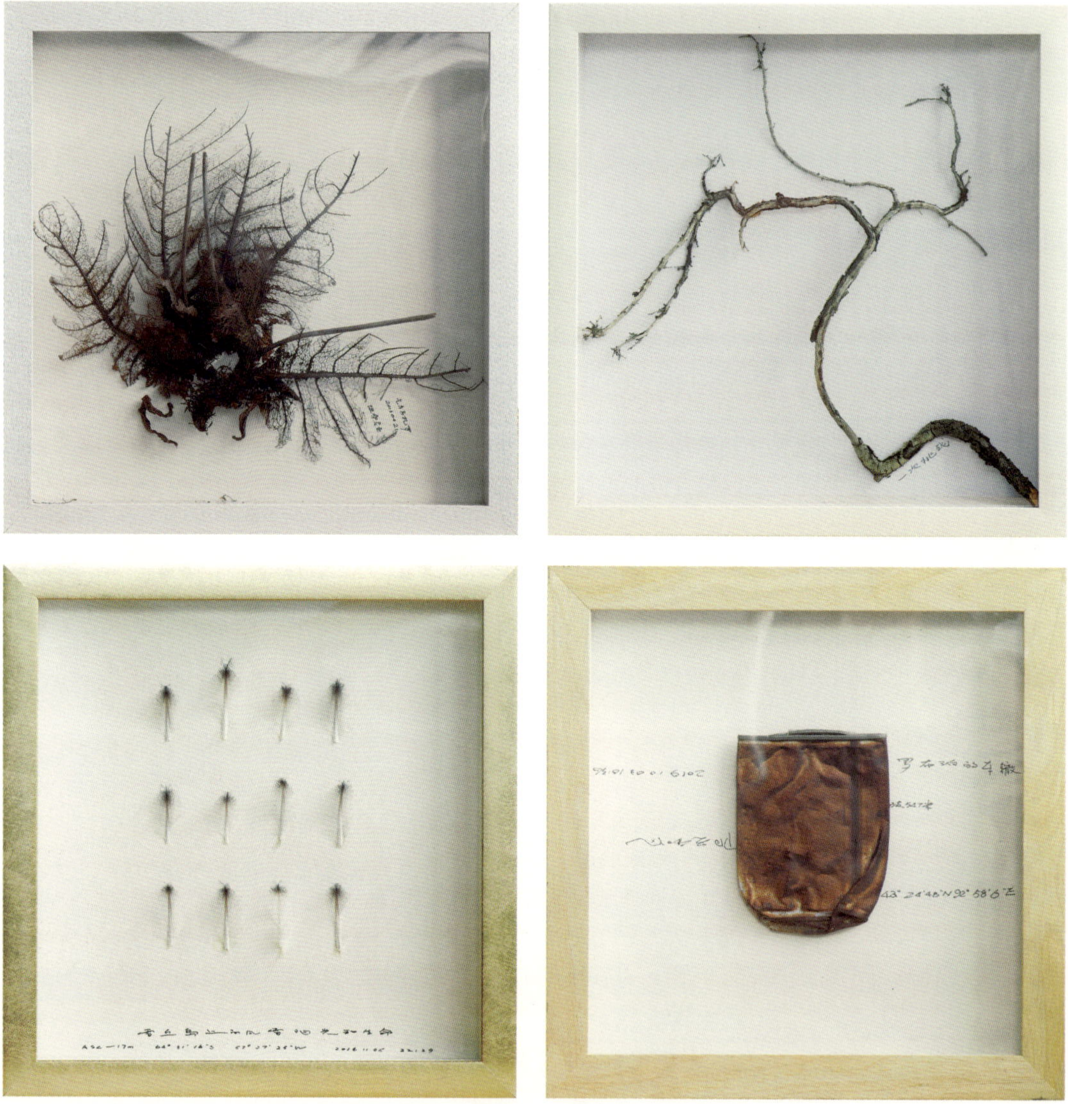

左上：《乞力马扎罗的诱惑》，坦桑尼亚，2013年　右上：《一次挑战》，格陵兰东部斯科斯比湾，2019年
左下：《雪丘岛上的生命》，南极帝企鹅栖息地，2018年　右下：《风和阳光》，罗布泊，2019年　李敏/提供

他收集的，不是科学意义上的标本，而是艺术场域中的发现。他和它们连成一体，赋予它们属于自己的意义，作为摄影途中的副产品，甚至比摄影更有意趣。

“一路上我牵肠挂肚，回家后时时观察它们的变化，这几乎可等同于行为艺术。”他说。

左:《一次挑战》采集现场 右:《风和阳光》采集现场 李敏 / 提供

在摩洛哥沿地中海小镇艾西拉，他一早出去拍当地居民生活，心心念念想着拾个地标物。这时的街道已被打扫得一尘不染，连一片叶子也找不到。突然他看见在椰树下的草地上躺着一块椰树残骸，如获至宝。装框时，他写了段话：“不知道 / 大西洋的风吹了多久 / 不知道 / 在艾西拉的街头躺了多久……”

十年间，李敏收集的地标物有百余件。他把它们统一装框并一一做了标注——走进他生命的时间、经纬、海拔，透着庄严的仪式感。

李敏并没想过要公开展示它们。他说这是属于他个人精神世界的物件，只宜私密表达。而这，恰恰切中了艺术真谛。

苏州文化偏重传承。信息化的后工业社会，需要的还有创造和创新。李敏的地标物启发我们：一切皆可艺术，奥秘在于创造自己独特的意义。

苏州，还有多少李敏这样的隐性艺术家呢?

有一处天井就有了天地灵气 孟强 / 提供

嘉寿堂的新面孔

文 / 陈敏娜

旧时的文人士大夫，做了官或是赚了钱，总想着回到苏杭，造一处私家园林，用一堵高墙把尘世隔开，自此两耳不闻窗外事，莳花弄草，举杯浅饮，雅集弹唱，退隐田园。于是，苏州古城便散落着很多这样的古建筑。

合理利用是对它们最好的保护。孟强的探索，给出了一个很好的回答。雕花的窗棂、精美的收藏、古色的家具、精巧的奇石……这里虽不是世外桃源，却也别有洞天。

宰相旧府第

位于天官坊的嘉寿堂，始建于明朝成化年，原是宰相王鏊故居的一处。乾隆年间，面积扩展至东、中、西三路，前后六进，更名嘉寿堂，是苏州有名的藏书楼。2006 年修复完成后，孟强承租下来，精心打造，做成了苏州成规模的民办博物馆——苏州砖雕博物馆，这里成为一处颇有个性的艺术文创空间。

中国明代造园家计成在《园冶》中提到“三匠七主”，意思是宅院最终的样子三分靠匠人，七分靠主人。主人的意趣决定着它的气质，打造本身就是一种即兴创作。孟强祖籍山东，毕业于南昌大学，后就读于苏州大学。喜欢文化，创立了自己的文化传媒公司。斜杠青年酷爱收藏，宝贝多了，总要有个去处，于是就瞄上了这块宝地。在他看来，这是一个文福无双的神奇场域，是苏州人的道场。

“落花人独立，微雨燕双飞。”经过精心的打造，破旧的老宅已然焕发出生机。他和他的朋友们只要踏进这个大门，就能放空自己。赏花阅草、读书遐想，每次停留，如同进入另一次元的时空，安宁喜悦。“这里的时间和空间都跟外面的世界迥异。”他说。

孟强收藏的砖雕 孟强/提供

能拥有这个宰相宅第，并保有一片巧趣的园林气质，已让人惊叹。重要的是，这里巧妙地陈列着他多年来收藏的各类砖雕，与整个古宅融为一体。在不破坏原有结构的基础上，合理改造、利用古建筑，使古典与现代并存、艺术和文化融合，呈现出具有苏州文人风格的美学特征。

砖雕博物馆

跨入这座宰相宅第，抬头凝视，正厅两侧放置着主人精心收藏的砖雕，仿佛穿越进古城苏州的那一处处旧式老宅院，与那些身穿长袍马褂或西装革履的先贤会晤，聆听他们叙说前尘往事。他们见证了苏州古城的兴衰过往，见证着家族的喜怒哀乐，静静地看着，静静地听着，不言不语，又有万语千言。

孟强是从 2000 年开始收藏砖雕的。砖雕是以砖为原料雕琢出的一种工艺品，是雕塑艺术中的一个独特分支，是传统建筑装饰的重要组成部分，与木雕、石雕一起被称为建筑三雕。质朴的造型、精湛的技艺、丰富的内容承载，构成了砖雕的独特魅力。孟强收藏的主要是苏派砖雕，它有别于北派的古朴淳厚，呈现出精细玲珑、雕琢精致、清新质朴又巧夺天工的艺术特性。明初砖雕盛行于王府、庙宇等大型建筑。到明中期，随着经济繁荣，砖雕遍及民间市井。将砖雕收藏于宰相府第，可说是适得其所。

孟强的砖雕博物馆里收藏有数百件精美的砖雕，大致可以分为人物神话、祥禽瑞兽、花鸟风景、吉祥符号等门类，主要有避灾祈福、祈求团圆和睦等寓意。它们造型精致、优美通透，有的精品不仅有很高的市场价值，对于研究吴地历史人文也有着重要意义，同时，也会给人以叹为观止的愉悦享受。

孟强说，自己的收藏就像是自己的孩子一样 孟强 / 提供

从遥远到亲近

夏秋日的午后，最适合找一所苏式庭院，泡壶清茶，耳畔萦绕的是评弹声声，那真是一种难以言说的享受。嘉寿堂无疑是合适的。整个嘉寿堂，不仅体现了孟强的优雅志趣，更体现了苏州新一代文人对生活方式的哲学思考。

小而精巧的一方院落，芭蕉枇杷错落。室内陈设着简约的明式家具，器物根据需要定期更换，音乐、灯光亦根据场合和时令调整。案上有四季鲜果，不仅秀色可餐，佛手等瓜果还能调节气味、营造氛围，细节之处彰显出主人的文化底蕴。

这样的空间令人流连忘返。那些枯枝、茶具、古琴、顽石等，让人把玩不尽。时间仿佛慢下来——看光线从古老的窗棂一点点地透过，留下的好看光影在金砖上跳舞；看瓶里的插花从蜡梅变成了芍药，变成了柿子，变成了佛手，哦，四季就这么过去了。

孟强是赏石的高手 孟强 / 提供

砖雕博物馆全景 于祥 / 摄

值得一提的是，孟强在这里加工赏石底座，吸收了红木小件雕刻的营养，赋予了石头第二次生命，也成就了一件件艺术品。红木与奇石的邂逅，让人又多了一份意外的惊喜。

2017 年，贝聿铭先生的儿子贝建中携夫人三次到访，对馆内收藏的苏州砖雕及孟强的文人赏石念念不忘。回美国后，他把王鏊故居依旧保存完好的消息兴奋地告诉了好友——这座宅子的后人、收藏家王季迁的女儿王娴歌。次年，王娴歌专程来此参观，对祖宅用于文化项目非常赞同，深感欣慰。

不妨，约上三两知己一起去砖雕博物馆喝茶吧！即便是冬日，也会有另一番的景致呢！

谢燕月在辅导孩子们学习花边工艺 作者 / 提供

常熟花边和她的传人

文 / 杜洋

常熟是一座位于长江之畔的古城。自古就有古琴、刺绣、评弹、书画、山歌等艺术在此传承流行。这里的花边艺术曾在民间广泛流行，并且作为一大产业覆盖全境，其产品出口欧美，广受欢迎。但随着新技术的兴起和经济的转型，这一非物质文化遗产渐渐被边缘化，甚至一度消失。

渊源

常熟地方志记载，常熟花边又称常熟雕绣，已有70多年的历史，是我国著名的手工雕绣抽纱制品之一，也是常熟传统的出口手工艺品。它以棉、麻、化纤等织物为原料，运用的绣花针竟多达60多种。常见的工艺技法有雕绣、贴布绣、抽纱绣、影针绣、镶嵌绣等。

花边的历史可以追溯到吴越春秋时期。当时的吴国已经开始有绣品出现。三国时期吴王孙权的夫人就擅长刺绣。1956年在云岩寺塔中发现的丝织品，以及1978年在瑞光塔中发现的丝帙，上面都有刺绣花卉。到了清代中晚期，花边已在中国服饰上得到广泛应用。尤其是具有官衔的阶层，他们身上代表着官阶的补子就是一种花边。

现代花边最早盛行于法国、意大利。在清光绪末年始入我国。1894年英国传教士在烟台设立了手工学校传授花边技艺。常熟花边的历史也可追溯到那个时期。

1917年，常熟浒浦季根仙的妹夫在上海徐家汇天主教堂做木匠，季根仙与妹妹去探亲时就跟着修女学习花边技艺。回到浒浦后，收两个大洋学费教周围妇女学习花边技艺，然后再回收她们所加工的花边制品。当地不少资本家和商业人员也纷纷投资其中。到1935年时，常熟经营花边的庄行、公司林立。一个五六十户的村庄有近半数的家庭都从事与此相关的工作。于是，“一根绣花针养活全家人”的说法广为流传。

谢燕月的创意作品 作者 / 提供

20世纪50年代以后是常熟花边的黄金期。几十个花边作坊被收归国有，成立了花边合作社，也就是常熟花边厂的前身。到了七八十年代，整个常熟城乡，从事花边制作生产的人员有16万之众。花边制品年出口销售额超过3300万元。

鼎盛时期的常熟花边曾远销五大洲80多个国家，并获得过国家质量金质奖。据说当时欧洲人嫁女儿，常熟花边产品都是奢侈品。随着工艺的改进，花边产品也从床单、床罩、枕套、台布等拓展到提包、鞋帽、玩具、服饰等领域。

常熟花边2007年被列为江苏省非物质文化遗产，但由于种种情况日渐式微。2014年，有着60多年历史的常熟花边厂宣告破产。2017年，常熟花边被评为苏州市濒危项目。

传人

谢燕月是常熟市中学的一位美术教师。她利用业余时间传承、创新常熟花边传统工艺，从而成长为一名优秀的市级非物质文化遗产传承人。

谢燕月是在常熟碧溪乡下长大的，从小跟着奶奶、妈妈学做花边。那个时候家家户户都很忙，做花边可以赚外快补贴家用。1990年，谢燕月从常熟理工学院美音班毕业，她的毕业设计就是一条常熟花边台布。2013年，她偶然了解到常熟花边濒临失传的现状，感到十分惊讶。常熟花边承载着她儿时许多美好的记忆。经过一段时间的反复思考，她决心身体力行，再捡起这门技艺。

在向周围的姐妹不遗余力地推介花边艺术的同时，她尝试着将现代的时尚元素引入这门传统的工艺之中。比如在用色上，她一改传统工艺以白底为主的旧习，大胆运用湖蓝、粉红等明快色彩；

在选材上，她尝试用毛料、化纤甚至丝织品取代原来的棉料，使作品更加鲜亮和时尚；而在品种上则制作出了坤包、钥匙包、茶具套装、护书衣、笔袋、香囊、靠垫等，试水市场，反响出奇地好。

她创作的一款女用绣花化妆包，因为外形看起来像是贝壳，被她命名为“贝壳包”。包的图案以梅花、凌霄花、雏菊、祥云纹等为主，运用了花边工艺特有的游茎、包针、扣边、打子等手法呈现，美观大方。她把作品发到微信朋友圈后，很快引来一片“点赞”。

为了让更多人了解并喜爱花边这门工艺，她在学校开设了常熟花边兴趣班，和孩子们一起动手制作胸针、香包、零钱包、钥匙扣、笔袋、手帕、绣花T恤。她还开通了“花边爱好者”微信群和“五月花语”微信公众号，义务教授各界女性学习花边技艺，吸引了数百名爱好者积极参与。2013年，由她和同事一起申报的“常熟花边传承的校本研究”课题，被列入苏州市级教育科学“十二五”规划课题。

通过多年的花边创作和普及实践，谢燕月也渐渐形成了自己对花边艺术的观点。她认为，花边的纹样设计要打破固有的配角观念，突破传统的思维框架，要向苏绣、缂丝、宋锦等艺术汲取营养，甚至还要借鉴欧洲丝绸纹样和神秘的阿拉伯纹饰的长处，从而形成自己独特的设计纹样，把一门本就是舶来品却又成为中国特色的丝织艺术再推向一个高峰。

沈从文曾在半个世纪前的《花边》文中提到，中国花边的纹样极其丰富，而经他手收集的就有2000多种。在传统文化越来越受到重视的今天，相信在谢燕月们的不懈努力下，常熟花边这一艺术奇葩必会有属于自己的新天地。

左：旗袍上的常熟花边，谢燕月制作　右：谢燕月（左三）向周围的姐妹不遗余力地推介花边工艺　作者 / 提供

过云楼今貌 于祥 / 摄

傅山书画到顾家

文 / 沈慧瑛

咸丰十年（1860），过云楼主人顾文彬因父亲顾大澜过世提出丁忧返乡。其时正值太平军与清军进行拉锯战，湖广总督官文极力挽留他继续为朝廷效力，但顾文彬婉言谢绝。自此，顾文彬赋闲在家十年之久，直至同治九年（1870）三月，他才进京候缺。

在京城的八个多月里，顾文彬除了拜访朝廷要员、会见朋友同乡、打通各种关节外，还经常到琉璃厂淘宝，并购买了傅青主字画、王翚《十万图》、汉玉钩等法书名画、珍奇古玩。他在日记和家书中对傅青主的字赞赏有加，称之“精妙绝伦”。

那么，傅青主究竟是何许样人物?

傅山书法称第一

傅山（1607—1684），初名鼎臣，字青竹，改字青主，又有真山、浊翁、石人等别名，山西太原人，是明清之际道家、思想家、书法家、医学家。

明清易代之际，人们特别重视民族气节。傅山为此出家做道士，以逍遥世外的姿态保持操守。康熙年间开设博学鸿词科，给事中李宗孔推荐他，被他拒绝。傅山过世后“以朱衣、黄冠敛”，以保持最后的尊严。梁启超称傅山、顾炎武、黄宗羲、王夫之、李颙、颜元为“清初六大师”。

傅山博学多才，书法尤其出色，有“一字千金”之誉。清人赵执信评价傅山的书法为“本朝第一”。傅山对书法自有独特的见解，认为“宁拙毋巧，宁丑毋媚，宁支离毋轻滑，宁真率毋安排”，

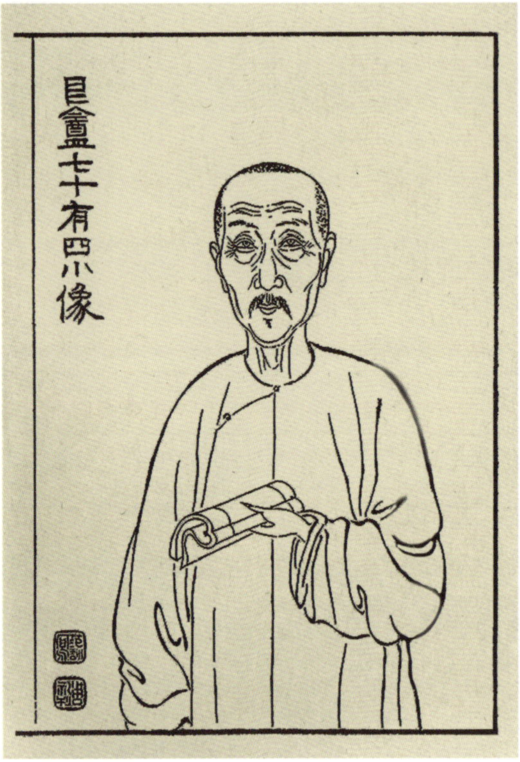

左：顾文彬像 右：傅山像 杜祯彬 / 提供

师法自然，不故作玄虚，才是书法家应坚守的正道。傅山貌似在说书法，实则与当时的朝代变迁和政治气候有关，“人谓此言非止言书也”。

傅山把对书法的独特理解转化为对书法艺术的实践，他的字被时人推崇。其子傅眉幼承庭训，家学渊源，是一位紧随父亲步伐的诗人、书画家、篆刻家。傅山经常四处卖药，“与眉共挽一车，暮抵逆旅，篝灯课经”。傅山父子的作品备受后人的追捧，顾文彬无疑是他们的忠实粉丝。

情有独钟傅山字

顾文彬在京城期间经常到博古斋、松竹斋、筠青阁、论古斋、德宝斋等古董铺观赏、购买书画，与傅山的字不期而遇。仅同治九年四月的日记中，顾文彬就多次提到鉴赏、取归傅山父子作品的事：

同治九年四月四日，顾文彬从博古斋取归罗洪先诗翰册、傅青主楷书册；四月十三日，他到黄协卿观寄售书画，获得赵伯驹卷、王麓台轴以及傅青主、王熙字轴四种；四月二十日，他在德宝斋花二两银子购买明末清初龚贤的绫本画轴，并携归傅青主父子字卷三个；四月二十二日，他又在德宝斋见到傅山草书大轴一帧、草书唐人七绝条幅十二帧，以及傅青主父子杂书册两本……

顾文彬对傅氏父子的杂书册作了详细评论：“青主所书皆断简残编，首页仿颜楷书为最，余皆信手。寿毛（傅眉）所书小楷甚工，全法晋人，胜于前日所见行草卷。”从四月四日到四月二十二日，短短十八天内，顾文彬数次与傅山的作品相遇。之后顾文彬又见到傅青主绫本草书、山水轴等作品。

有意思的是，当时古董店与顾客之间充满信任，允许顾客先拿回去鉴赏，再决定是否购买。以傅山的草书唐人七绝条幅十二帧为例，顾文彬从四月初见，到十月才与德宝斋做成这笔生意。

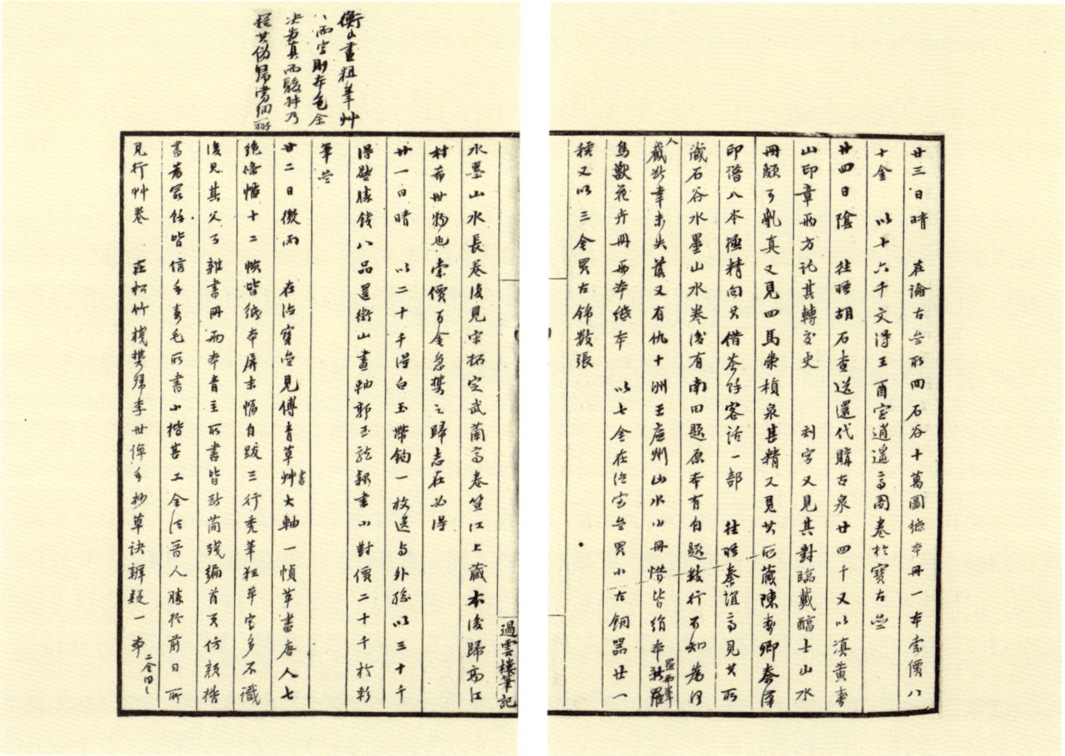
過雲樓筆記
水墨山水長卷後見宋拓定武蘭亭卷望江上藏本後歸南江
村布卌物也索價百金急携之歸志在必得
廿一日晴 以二十千得白玉帶鈎一枚送與外孫 以三十千
得磁胎錢八品還衡山畫軸郭玉詵郭書小對價二十千於彩
筆堂
廿二日微雨 在怡寶堂見傅青主草艸書大軸一幀草書唐人七
絶條幅十二幀皆紙本屏末幅自跋三行禿筆狂草字多不識
後見其父子雜書冊兩本青主所書皆斷簡殘編首頁仿顏楷
書爲最餘皆信手壽毛所書小楷甚工全法晉人勝於前日所
見行艸卷 莊松竹棧携歸李世倬手抄草訣辨疑一本

廿三日晴 在論古堂取回石谷十萬圖紙本冊一本索價八
十金 以十六千文得王百穀逍遙閣卷於寶古堂
廿四日陰 往晤胡石查送還代購古泉廿四千又以滇黃李
山印章兩方託其轉交史 刻字又見其對臨戴醇士山水
冊頗可亂真又見四馬棠楨泉甚精又見其所藏陳壽卿秦
印譜八本極精向其借參修客話一部 往晤秦誼亭見其所
藏石谷水墨山水卷後有南田題原本有自題跋行不知爲何
人截去尚失落又有仇十洲王廉州山水小冊惜皆絹本
鳥獸花卉冊兩本紙本 以七金在怡寶堂買小古銅器廿一
種又以三金買古錦數張

顾文彬日记中关于傅山父子作品的评价，苏州市档案馆藏 作者 / 提供

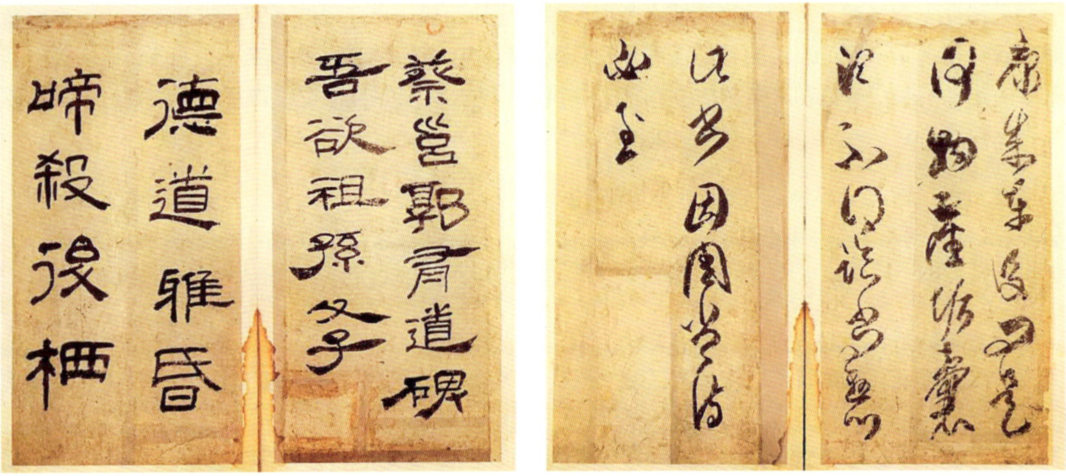

傅山书法作品狂放不羁 汪徒 / 提供

傅山的唐人七绝条幅十二帧，纸白崭新，每帧两行，以“秃笔狂草”写就，字大四五寸，顾文彬坦陈“字多不识”。售主以为是赝品，故让顾文彬捡了个漏，只花了十八两银子。

之所以拖了那么长时间才决定收购，其实与顾文彬当时的经济状况有关。顾文彬在家闲居十年，颇有点坐吃山空，口袋里银子并不多，经常因价格高昂而放弃购买。他在与儿子顾承的通信中就谈及傅山作品及其价格。如古董店中有傅山草书绫本轴两种，价格分别为五六两和七八两；傅山大草绫本轴两种，对方开价都要七八两。有一次他告诉儿子顾承“青主字一轴、山水两幅，因价昂未买”。凡此种种，因为价格问题，顾文彬犹豫不决，希望从顾承那儿得到建议。

与亲家交换名画

长安居大不易。顾文彬在京期间精打细算，盘算日常生活开销与书画古玩支出，要求顾承寄些在京城畅销的明四家、清六家的扇面来，以赚取差价，既贴补生活，又以画养画。傅山作品的价格偏高，但他还是尽量购买，如以八两银子买来了傅山草书唐诗卷（五律十八首）。顾文彬认为傅山的草书唐诗卷“横纵飞舞”，如果大小尺寸与过云楼所藏王铎的狂草卷相符，则可以配成一对。

光绪八年（1882）顾文彬编著的《过云楼书画记》上记录了《傅青主书画卷》，并没有收录他在京城及宁波任上时所购的所有傅山书法作品。这与《过云楼书画记》收录标准有关，不是所有的藏品都收录的。

《傅青主书画卷》是傅山的字和画的合璧。顾文彬认同傅山关于书法宁“拙”“丑”“支离”“真率”的观点。书画卷上的书法作品是康熙二十一年（1682）傅山所书“杜陵杂诗”七首，题名署“真山”。而署“太原山”的傅山画，则是顾文彬从亲家吴云那儿交换过来的。这还有段故事：

有一次顾文彬在吴云的两罍轩见到此画，“炙色形面”，一副爱不释手的样子。吴云深知老友的心思，坦然道此画“是希代珍，须以君家宋拓大字《麻姑碑》易”。顾文彬担心吴云反悔，立即交换。

傅山所绘《太原山》上有毛怀、吴云的长跋，网师园主人李鸿裔抄录了清初奇士屈复题写傅山画的五首诗，因此这幅《太原山》除了具有艺术价值外，还富有人文价值。

顾文彬得了此画，就将家中傅山书杜陵杂诗卷与之合璧，这成为过云楼的珍藏。他对此画的评价是：“画即大起大落，独往独来，方寸五岳，真力弥满，无一笔非巨然，无一笔是南宋。”

过云楼藏品 于祥 / 摄

钢琴
相传为赛金花所用。她原名傅彩云，苏州人，
住周家巷，从小沦落青楼，色艺俱佳。后嫁苏州
状元洪钧，随同出使俄、德、奥、荷。八国联军
攻入北京，她曾找总司令瓦德西，以禁烧杀。此
琴原存悬桥巷洪宅，解放后移来曲园

赛金花的钢琴 于祥 / 摄

赛金花的钢琴轶事

文 / 沈亮

苏州马医科 43 号，是晚清著名学者俞樾的宅园，名叫曲园。园林很小，“一曲而已”，却是全国重点文物保护单位，承载着丰厚的文化内涵。曲园有三宝，分别是俞樾手植百年紫藤、《春在堂全书》枣木原雕版、赛金花钢琴。

这会让人觉得有些奇怪：前两样都与园主有关，但赛金花身份是状元洪钧的三姨太，她的钢琴怎么会放到俞樾的家里来？

随夫远洋的女人

赛金花本姓赵，小名彩云，祖籍安徽，生于苏州，本来不会弹钢琴。光绪十年（1884）被洪钧纳为小妾，“宠之专房”。光绪十三年（1887），洪钧以内阁学士职衔被委派出使俄国、德国、荷兰、奥地利四国大臣，赛金花以夫人身份随行，包括海上航行在内，前后跨度四年，他们主要在莫斯科和柏林两地居住时间较长。

当时柏林的中国使馆曾经是一位公爵的别墅，三层建筑宏丽曲邃。赛金花闲暇无事，就请了一位在德国留学的西班牙女子任家庭教师，一方面学习德语，同时学习西方礼仪和弹钢琴等。赛金花生性聪颖，很快就学会了很多西方贵妇的技能。在几年枯燥的海外生活里，她以弹琴为乐，与钢琴朝夕不离。1890 年，洪钧奉调回国。赛金花临走时很想把住处这台钢琴运回中国，但因体积太大又很笨重，携带不便，只能忍痛割爱，将其舍弃于柏林旧居中。

在没有飞机的时代，从德国到中国，远洋航行，水天茫茫。航程时间要以月计算，生活十分单调。漫漫旅途中，赛金花常常怀念那架钢琴，并时常嘀咕：如果带在身边，不仅可以解除旅途寂寞，回国之后，还多了一件陪伴之物。洪钧宠她心切，内心也未免歉疚，暗中也在找机会重新购买一架钢琴，以作弥补。

赛金花像 杜祯彬 / 提供

这一天，船到香港，停靠码头后上下客人，补充给养。按惯例，还不到目的地的旅客也可以上岸观光购物。洪钧考虑到，这是途中最后一次靠岸，回国后还不知道愿望能否实现呢。于是，趁这次上岸，挑选了一架立式钢琴装载回国。曲园钢琴上的铭牌上写道：

MANUFACTURED BY THE ROBINSON PIANT CO CTP
HONGKONG SHANGHAI SINGAPORE

意思是：手工制作，罗宾逊钢琴厂出品，香港、上海、新加坡。证实这台钢琴确实不是从德国带回的。

命运多舛的钢琴

船到上海，洪钧携赛金花先到故乡苏州暂休，钢琴也随运到悬桥巷洪钧老宅存放。不久洪钧携赛金花返京复命，被任命为兵部左侍郎，居住在北京前门外小草厂。

但天有不测风云，1893 年 10 月，回国仅三年，洪钧突患疾病，死于任上，赛金花扶柩返苏，最终却被洪家逐出家门。钢琴也就一直留放在悬桥巷洪宅内，直到 1949 年苏州解放。

新中国成立初期，百业凋零。人民政府为了与百姓共渡难关，保证就业，组织了生产自救。由于洪宅屋宇宽敞，决定在里面办一个生产工场，要求清理场地。这台钢琴几十年未用，作为杂物，也在清除之列。因洪家与曲园俞家有姻亲关系，洪钧的侄孙媳当时还住在曲园之内，因此，钢琴被运往曲园寄放。

1952 年春，红学大师俞平伯先生从北京返苏，将曲园无偿捐献给人民政府，王东年市长委托苏州文物管理委员会谢孝思主任接收。此后，曲园改作他用，政府再次提出清除宅内杂物。鉴于这架钢琴有一定历史价值，遂由文管会搬往当时的办公地点狮子林，放置在东路贝家祠堂第二进偏僻一角（现民俗博物馆入口左侧一带），自此尘封，被人忽视。

1960 年春，苏州博物馆在太平天国忠王府正式成立，文物管理委员会将所收文物一并移交。于是用了四个民工，将钢琴扛进忠王府，停放在大殿东侧陪弄内。这一放，就放了二十多年。在这期间，它一直像一件破烂物品一样，多次被人提出要清理掉，幸好当时担任副馆长的范烟桥先生多次说，这是赛金花用过的钢琴，最好不要弄掉。

据老一辈文博老师说，当时这架钢琴虽然多年没用，但部件完整，音色洪亮优美，确是精品。但是，这架钢琴后来还是遭到了意外损害——当时博物馆里有位家在无锡的女同志，她的弟弟暑假里来姐姐处玩，这个男孩有轻度精神障碍，发现钢琴里的钢丝弹性很好，就偷偷拆了用来做弹弓玩，于是钢琴再也不能弹奏。

钢琴在春在堂的角落里 杜祯彬 / 摄

曲园 于祥 / 摄

1980 年 5 月，顾颉刚、叶圣陶、俞平伯、谢国桢、陈从周等致函国家城建总局及国家文物局，建议早日修复开放曲园。1982 年，苏州市政府投资，由苏州古典园林建筑公司修复小竹里馆、春在堂、认春轩、乐知堂等建筑。修复过程中，俞平伯亲自审看修复方案和模型，并提供所藏“春在堂”“德清俞太师著书之庐”两匾复制。1983 年竣工，经市文物保护管理所布置陈列，曲园于 1986 年 10 月正式开放游览。

曲园开放前，苏州文物界的老前辈钱正先生认为，赛金花钢琴虽然受损，但依旧值得保存，为避免钢琴毁于一旦，将它存放在曲园是可行的。几经努力，最后，这架百年钢琴终于得到了一个安身之处。

历史长河往事如烟。

赛金花病逝于 1936 年。关于这个传奇人物一生的是是非非，坊间流传的真真假假的故事很多，本文不作赘说。但曲园的这架钢琴，可能就是她留在世上的唯一的真实物品了。

施肇基与伊藤博文被刺案

文 / 祝兆平

1909年10月26日，曾经是日本第一任首相的伊藤博文在中国东北的哈尔滨车站被朝鲜爱国志士安重根击毙，成为震惊世界的惊天大案。但这起发生在中国的事件当时并没有引发日本与中国的外交冲突，这得益于一位苏州籍外交家的巧妙应对。

这位外交家便是施肇基。他是伊藤当天走下专列后第一个上前握手的中国官员，也是当地最高官员——时任吉林西北路兵备道兼滨江关监督。晚年的他在回忆自己生平时，认为他在滨江关道任上值得一说的两件大事之一就是对这一案件的处理。

少年才俊

施肇基，清光绪三年（1877）四月十日出生在吴江震泽纯孝里一个富裕的丝商之家。这是一个古老的家族，传至肇基，为第八十一世。

施肇基在美国 作者 / 提供

受家庭和时风的影响，幼年的他便向往着出去看看外面的世界。1886年，不满十岁的他便赴沪就学，在圣约翰书院及电报局学堂学习英文，后又进入南京妙香庵的江宁府立同文馆。在那里，他除了学习国学，还兼修法语和英语。

1893年，杨儒钦使奉派为出使美日秘三国的大臣，十六岁的施肇基以翻译学生的身份作为杨的随员抵美。四年后，他考取了康奈尔大学文学院，遂辞职赴康奈尔大学读书。在康奈尔大学读了两年，他的老长官杨儒在任驻俄公使期间因译员生病无法履职，便向他发出书面函，邀请他赴俄相助并出席海牙“弭兵会议”。

在圣彼得堡及海牙的一年中，施肇基展现出极高的业务素质。但他返美续学之心愈切，果决辞职。1902年，他顺利获得文学硕士学位，成为康奈尔大学的第一位中国留学生文学硕士。这年，他终于回到阔别了九年的祖国。

官场春风

清代末年，可以说是一个两千年未有的大变局时代，除了少数掌握朝政的保守派，从政府到民间，都在寻求改革的社会发展新路子，而武昌是新潮汹涌的集中之地。

刚回国的施肇基在汉口招商局任职的哥哥引荐下，谒见湖北巡抚端方，并与四处罗致新政人才的端方畅谈甚欢，被留在巡抚衙门担任洋务文案。这年冬季，端方安排湖北省首批鄂籍官费生留洋美国，需要一名熟悉美国情况的人担任带队，于是，施肇基就带了几十名湖北籍留学生重新到了美国。

到美国后不久，施肇基在康奈尔大学时的老师精琪被清政府邀请赴华考察币制，请他同行担任翻译。这样，施肇基又于1903年返国抵达北京。此行他先后与徐世昌、张之洞、唐绍仪等大员有过交往，也为后来他在外交界的发展打下了基础。

精琪返美后，施肇基又奉命带领第二批鄂籍官费生再游北美。这一次的留学生中有端方公子，还有自费加入赴美留学、日后成为中国最负盛名的外交家的顾维钧。将第二批留美学生在美安置好后，他很快回到武昌，在湖广总督府当了一年幕府秘书。

1905年夏秋之季，清政府为了挽救危局，做出顺应世界发展潮流的姿态，拟派兵部侍郎徐世昌、湖南巡抚大臣端方等五大臣分赴欧美、日本等地考察宪政，施肇基作为徐的助理被邀同行。但考察之行因北京前门车站炸弹事件中断。第二年，重组后的考察团分两路先后从上海出发。施肇基作为端方的助理一路随行。其间遍访欧美各国，收获极丰。

走马东北

东三省总督徐世昌到任不久，滨江关道因事被朝廷革职。于是，他就想到了年轻有为的施肇基。施肇基也欣然接受了吉林西北路兵备道兼滨江关监督这个集经济和军政大权于一手的职务。

上任之始的施肇基很快就遇上了头疼的事：哈尔滨的治安问题突出，抢劫案非常多。他上午九点钟到道署，十点钟就有人报案：红胡子又在附近抢劫了。

为了打击盗匪的嚣张气焰，施肇基开始布置购备军械，积极训练卫兵以维持治安。他购买了一批新式来福手枪装备士兵，并请来外国军官教以射击技能，大大加强了队伍的战斗力。施肇基用这支队伍先后“正法”了百余盗匪，使得当地秩序有明显改观。

而安重根击毙伊藤博文这一事件，正发生在施肇基任职东北这段时间。

当时东北东清铁路的路权为俄国所有。俄国不仅掌控了铁路运输权，还攫取了铁路沿线的行政管理之权，强迫商人交税，并打着维持治安的名义组建武装。施肇基担任滨江关道后，向徐世昌提出收回东清路权的建议。

1909年夏，美国铁路大王哈里曼到东三省考察后，美国外交部随即发表了东三省铁路中立计划，与施肇基所出文案基本一致。消息一出，俄日两国非常担忧，力谋抵制。于是，俄国派出财政大臣，日本派出伊藤博文，两方会于哈尔滨，商议对策。

10月26日，施肇基知悉伊藤博文到站时间后，即派一排卫队前往迎接。同时，东清铁路也派了两排卫队作为仪仗及军乐队，由俄领事率领到站迎候。专列停稳后伊藤下车，与上前迎接的施肇基握手寒暄，并在他的陪同下检阅中国军人仪仗队。之后，又与俄国财政大臣及领事等寒暄，并开始检阅俄人仪仗队。

正在此时，欢迎人群中突然冲出一名高丽人，对着伊藤博文连开数枪，口中还连声高呼“高丽万岁”。直至伊藤之头垂向旁立之俄国财政大臣，旋又以枪中余弹射向伊藤身旁的日本领事。刺客被俄兵当场捕获，他便是朝鲜爱国志士安重根。

果断处置

作为一个熟悉国际事务的当地最高长官，施肇基知道此事非同小可，一定是惊动国际的大事件。他立刻派人到哈市唯一的电报局——傅家甸电报局传令：今日电报只收不发，违者严惩。同时电告外务部：在此案调查清楚之前，不得发表任何文件。若有人问及此事，千万不可有“保护不周”之类的道歉之语，以免给日本人以口实。

刺客被俄人捕去，施肇基没有办法亲自审问刺客。但他很快就通过关系拿到了刺客口供。通过口供，施肇基获悉，刺客筹划此事多时，盖因“高丽亡于伊藤之手（伊藤曾任驻高丽总督），必置伊藤于死地，以复国仇”。

施肇基在确认口供无误后，连夜撰写报告电达外务部，并代外务部撰写了英文通讯一篇，由外务部交《北京日报》（英文版）发表。直到消息刊出后他才下令解除了电报局扣电禁令。积压的各国通讯电稿才纷纷发出。因此，此次中国官方的报道为此案所有报道中最早的，对于刺客口供记述甚详，各国报纸争相转载。日方在查明相关报道真实无误后，也无法因此事件对中方提出任何抗议。

一件可能引起国际纠纷的事件就这样在施肇基的手中化险为夷。这一事件也为他日后进入民国外交界奠定了基础。

1912年，统治了三百年的清王朝被彻底推翻，中国从此结束了两千多年的封建君主专制制度。1921年，施肇基任驻美公使，1928年调任驻英国全权公使。1945年6月，联合国在旧金山举行国际组织会议，通过《联合国宪章》，施肇基任中国代表团高等顾问。1958年1月4日，施肇基在美国去世，终年八十一岁。

叫人如何不想他

文 / 朱赓荪

刘半农像 杜祯彬 / 提供

天上飘着些微云，

地上吹着些微风。

啊！微风吹动了我的头发，

教我如何不想她？

……

刘半农的名字与这首《教我如何不想她》是分不开的。这首创作于 122 年前的小诗被公认为中国现代文学史上的第一首白话诗。

刘半农（1891—1934），江苏江阴人，中国著名的文学家、语言学家和教育家，也是“五四”新文化运动的先驱者。同时，他还是用方言写新诗的第一人。在这首诗里，他使用了一个为中国女性专门创造的人称——“她”，从而使这首诗成为不朽的经典。

“她”的故事

刘半农创造“她”这个女性人称代词，并非一时的心血来潮。

那还是在 1917 年的春天，他在常州焦溪古镇教书时，面对那些活泼可爱的男女学生，他发现都用“他”字来指代这些孩子，很是容易混淆他们的性别。于是，脑海里不由得有了灵感，就想出了用“女”字做偏旁的“她”。如此，既有了女性的特征，又有了与男性相同读音的人称代词，还体现出了男女既平等又有区别的观念。学生们听了他的分析，都热烈地讨论和欢呼起来。

有了学生们的支持，刘半农在1917年翻译英国戏剧《琴魂》并发表在《新青年》上时，试探性地第一次用自己创造的“她”来翻译“she”。然而，这一做法却遭到了保守派的反对和攻击。一些冬烘名士还揶揄讽刺刘半农：“你懂什么？也有资格来（提倡）造字！”不少知识女性更是撰文唾骂他，说使用“她”字就是对女性的歧视和侮辱，这样的攻击和谩骂持续了三年有余。

刘半农却不改初衷，相信自己为众多女性争一个男女平等的尊严决没有错。1920年6月，他在上海的《时事新报》上发表了《“她”字问题》一文，深入阐述了自己的观点，充分论证了“她”字的必要性，还在文中进一步提出用“它”字来指代“无生物”。

同年9月，在英国伦敦大学致力于语言学研究的他创作了《教我如何不想她》这首诗篇，来献给他的祖国、他的母亲、他的妻子、他的女儿。

鲁迅先生在《忆刘半农君》里这样称赞他：更是《新青年》里一个战士，活泼，勇敢，很是打了几次大仗。“她”字和“它”字的创造，不就是吗？

钟情吴方言

作为诗人，刘半农除了创作浪漫抒情的现代白话诗，还致力于用方言、民歌体写白话诗。中国戏曲研究家、文学史家赵景深就非常推许刘半农创作的四句头吴地情歌：

你叫王三妹来我叫张二郎，

你住勒村底里来我住勒村头浪。

你家里满树格桃花我抬头就看得见，

我还看见你洗干净格衣裳晾勒竹竿浪。

赵先生深情地连连夸赞：“别说是歌，就是这一点方法，也可以使得他成为第一个用方言来写新诗的中国 Robert Burns（罗伯特·彭斯，苏格兰民族诗人，《友谊地久天长》的词作者）了。”

刘半农擅于将具鲜活形象的方言运用于诗歌之中，并不仅体现在其白话诗里，他用吴方言写的一首旧诗《侬家》也颇有情趣：

君问侬家住何处，去此前头半里许。浓林绕屋一抹青，檐下疏疏晾白纻。

诗里扬弃了华丽辞藻和琐屑描写，而以质朴素淡之笔予以构出，似有一种魏晋诗人子夜读曲的况味。民间语言（方言）入诗，彰显出吴方言特有的的灵动、活力与审美力量，也一改当时新诗的“欧化”倾向。

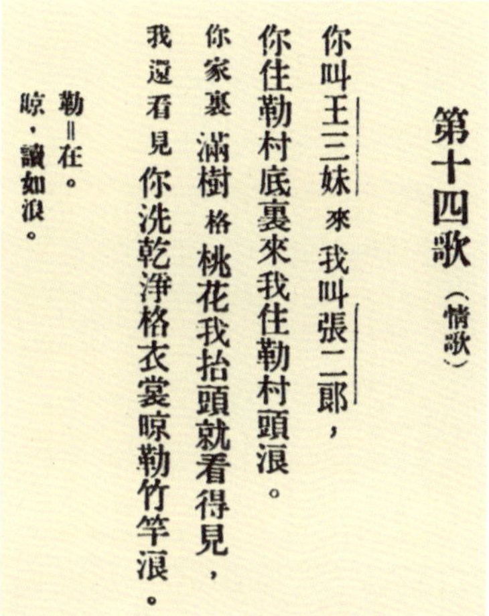

第十四歌（情歌）

你叫王三妹來我叫張二郎，

你住勒村底裏來我住勒村頭浪。

你家裏滿樹格桃花我抬頭就看得見，

我還看見你洗乾淨格衣裳晾勒竹竿浪。

勒＝在。

晾，讀如浪。

左：赵元任像　右：吴地情歌 杜祯彬 / 提供

英年早逝

1921 年刘半农离开英国，到法国巴黎大学研究中国音韵学。1925 年，他以“四音实验（即用法文写的《汉语字声实验录》）”获得法国国家文学博士学位。他也是我国获得由外国授予的博士学位的第一人。他所著《汉语字声实验录》还荣获法国康士坦丁 · 伏尔内语言学专奖。

值得一提的是，他与好友赵元任（1892—1982，江苏常州人）都是语言音韵学家，对音乐都有浓厚的兴趣。《教我如何不想她》就是由赵元任在 1926 年谱曲而流传至今的。这也成就了中国音乐史上的一段传奇。

1934 年 6 月，刘半农不顾西北地区野外科考的艰苦与风险，与白涤洲、沈仲章、周殿福组成西北科学考察团，去绥远调查西北地区方言。在返回时，刘半农不幸染上了“回归热”，于同年 7 月 14 日病逝于北平（北京），年仅 43 岁。

赵元任闻此噩耗十分悲伤，特撰一副挽联：

十载凑双簧，无词今后难成曲；

数人弱一个，叫我如何不想他。

严雪亭像 作者 / 提供

“弹词皇帝”与“弹词皇后”逸事

文 / 殷德泉

某天路过道前街市立医院附近，忽然从一处人家隐隐传出评弹的叮咚声：“一声长叹回身走，涕泪交流怒目睁……”竟生出莫名的感慨——这里原本有一处青砖石库门楼房，曾经是评弹名家严雪亭先生的故居。而这句唱腔，正是出自严调名篇《杨乃武与小白菜》。

察院场一战成名

严雪亭，苏州人，少时拜弹词前辈徐云志学说《三笑》。于1936年进入上海，另辟蹊径自说新书《杨乃武与小白菜》。为说好新书，搜集史料，研究清代官场礼仪，深入余杭，了解民间习俗，使情节更为丰富生动，悬念迭出。他塑造书中人物，吸收通俗话剧表演方式，充分运用各地方言，一人多角，活灵活现，很具感染力，是评弹界杰出的单档艺术家。

《杨乃武与小白菜》由上海滩润余社李伯康李家首创，二十世纪三十年代就红遍沪上。严雪亭唱红《杨乃武与小白菜》一书，算得上是后来者居上。

1945年秋，严雪亭挂牌在苏州察院场的中央书场（今第一百货商场处）夜场弹唱长篇弹词《杨乃武与小白菜》。海报一出，苏城听众喜出望外。岂知，又传来一则消息，李伯康同时也来中央书场演日场，弹唱的也是《杨乃武与小白菜》。这叫“敌档”——双龙会擂台战。于是，苏城评弹迷一片沸腾：这下有好戏看了。

李伯康时年四十二岁，名声大，又以正宗标榜，委实看不起比他小十岁的严雪亭。更要命的是，李伯康还带来了团队——刘天韵、张鸿声、徐绿霞，一流名家遍布四周的书场，摆明了是来争夺听众的。

严雪亭感到了压力。他也从上海请来了杨仁麟、汪云峰、韩士良等名家为自己助阵。双方使出浑身本领一争高下，却给苏城评弹票友带来了一台台艺术大餐。

李伯康从不来苏说书，一登场便以温文尔雅的气质吸引了苏城的书迷。他出身于评弹世家，文字功夫也是一流。一天，他在演出中将杨乃武写的状子读得别字连篇、文理不通，听众们不免议论纷纷。到了第二天李伯康才抖出包袱：原来那个贪官肚里没有墨水，读了许多别字破句。经师爷重读，文情并茂，字字血泪控诉。听众听到此被深深折服：不愧是名家！

左：范雪君像 作者 / 提供 右：上海弹词皇后范雪君受冕一瞥，《新闻天地》封面 杜祯彬 / 提供

而此时的严雪亭则是正在走上坡路的实力派勇将。他除了每天认真演出外，还安排了人去李伯康的演出场子做卧底，并根据李伯康的演出状况制定应对方案。

说公堂堂面书是严雪亭的撒手锏。在《三堂会审》这回书中，他把皋台蒯士芗、藩台钱友兰、抚台杨昌浚这三位官爷的精干、泼辣、刁滑描绘得入木三分，令人难忘。不仅如此，他还把公堂上的师爷、衙役公差、犯人及旁听者数十人，用语言呈现得活灵活现，台下听众大呼过瘾。

李伯康完全没有把严雪亭放在眼中，说起书来依然是老腔老调，行书很慢。而严雪亭年轻，吸收戏剧手法，有一口朗朗上口的新流派弹词唱腔“严调”，加上有“间谍”探风，知己知彼。往往当日场李伯康说的情节，头天夜场严雪亭就说过了。半个月之内，严雪亭的上座率就实现反超，最后实现完胜。严雪亭由此名声大振，红遍苏浙沪。

1948 年 10 月，上海《书坛周刊》举办“十大说书名家”评选活动，严雪亭获票第一，成了名家中的名家，被誉为“弹词皇帝”。

上海滩一缕清风

有“弹词皇帝”，必还有“弹词皇后”。她就是大名鼎鼎的范雪君。范雪君也是苏州人，玄妙观北牛角浜 21 号是她的故居。

范雪君由养父、知名评话艺人范玉山精心培养，先后学习长篇弹词《杨乃武》《啼笑因缘》《秋海棠》。二十世纪四十年代进入上海登台献艺，重点打造《秋海棠》。范雪君单档独说，口齿伶俐，台风秀逸，珠喉甜润，莺声悦耳，赢得沪上观众刮目相看，立足上海，拥有一大批书迷粉丝。

要在响档林立的上海滩争得一席谈何容易。范雪君主打的《秋海棠》是现代新书，完全没有模板可依。她一改传统模式，融入各地方言，并从电影、戏剧中汲取艺术养料，她做到了说噱弹唱演样样皆能，生旦净末丑个个都会。为此，她向周璇学过唱歌，向俞振飞夫人学过京昆，还能弹得一手好钢琴。

范雪君的演出还很讲究自我包装，注重服饰的款式、色调、质感与其发型、妆容乃至鞋袜的搭配，力求高雅。她以全新的形象、思想、语言、唱腔和表演，扣住了时代脉搏，新女性的气质给评弹界吹来一股清风，在上海滩受到了书迷特别是知识阶层、青年学生们的热烈追捧，拥有大量中青年拥趸。

1946年8月，上海文艺界在新仙林舞厅评选文艺界皇后头衔，最终选出“平剧皇后”言慧珠、“舞国皇后”管敏莉、“歌唱皇后”韩菁清，范雪君被选为“弹词皇后”。1949年初，上海《书坛周刊》又发起听众投票选举“弹词皇后”，范雪君独占鳌头，再次荣登“弹词皇后”宝座。由此，各大书场、电台、灌制唱片的邀约让她应接不暇，足见范雪君当时在评弹界的影响力。我多次亲耳听到过评弹泰斗蒋月泉和评弹理论家吴宗锡赞誉范雪君，他们一致认为范雪君为评弹界第一弹词女单档。

四海楼珠联璧合

严雪亭和范雪君都是评弹界杰出的单档。巧的是1945年的岁末，他俩应苏州临顿路上四海楼书场之邀参加年终会书花色场子演出，有了一次绝无仅有的合作，堪称珠联璧合。

正处于艺术生涯黄金时期的严雪亭和范雪君那次临时拼双的演出曲目是《杨乃武·密室相会》。书台上，严雪亭精神饱满，仪态雍容；范雪君落落大方，天生丽质。

只见范雪君端庄落座，玉指一拢，一曲玉珠落盘的琵琶曲从指尖流出。场内顿然鸦雀无声，等待上手开场。这时，温文尔雅的严雪亭用亲切的眼光扫视全场，微笑地询问台下听众：“伲俩阿有点像才子佳人？”台下听众会意一笑，爆发出如雷的掌声与叫好声……

《密室相会》是长篇弹词《杨乃武》中最为精彩的一段，严雪亭所起的杨乃武，真切地表现了角色内心深处的沉痛与怨恨，而范雪君则把小白菜的忧伤爱恨描摹得细致入微。两人充分运用各自的语言风格、肢体语言和眼神的变化，通过说书和大段声情并茂的对唱，演绎了一段悲欢离合的故事，把听众带入了一个忘我的境界，也让听众真真切切地感受了一回海派苏韵弹词的无穷魅力。

严雪亭和范雪君在四海楼书场联袂合作再无第二次。“弹词皇帝”与“弹词皇后”拼双档演出成就了评弹史上的一段佳话。

弄堂书 孙以檪 / 摄

评弹里的弄堂书与小角色

文 / 杨一江

何谓弄堂书

戏剧有高潮部分，谓之“戏核”。每演到“戏核”时，演员的唱功、做工都极为吃重，称为“重头戏”。

说书也有高潮部分，称为“关子”。每到“关子”之际，故意拖延进展、布置悬念，称为“卖关子”。

戏剧在高潮之间的连接部分，有的是在幕间，有的则是演员匆匆演过，表示时空的转换。这类戏份，称为“过场”。现在常用“走过场”来表示工作的浮皮潦草和敷衍了事。

说书也有类似的情节铺垫、过渡和连接。此外，还有一些脱离主线的情节，都称为“弄堂书”。

弄堂是上海、苏州一带特有的民居形式。用“弄堂”来形容某几回书，因其穿插、狭长、不在主线也。

然而，艺人说弄堂书却不能“走过场”。因为艺人需要养家糊口，弄堂书也要说到能卖出票去。没有紧张的故事情节，没有激烈的矛盾冲突，没有主角的英雄业绩，要说到绘声绘色、娓娓动听、引人入胜，可不是一件容易的事。因此，说好弄堂书，是对艺人功底的最好体现。

正因为如此，艺人在每年相互交流的“会书”活动中，或者在节日的联欢活动中，所表演的节目往往都是弄堂书。

经典弄堂书

因为一部书的“关子”是有限的。艺人靠长篇弹词吃饭，必须凑满足够的回数。此外，故事情节的进展也需要有矛盾冲突之前的平静，有张有弛、有快有慢，方能体现苏州评弹婉转、细腻的艺术特点。

弄堂书的拖沓，也是源于听众的需要。许多听众不能每天去书场听书，弄堂书的存在可以使他们忽略一些场次不来听书。还有一些老听众，对关子早已了如指掌，他们反而会喜欢一些演员可以插科打诨、即兴发挥的弄堂书。

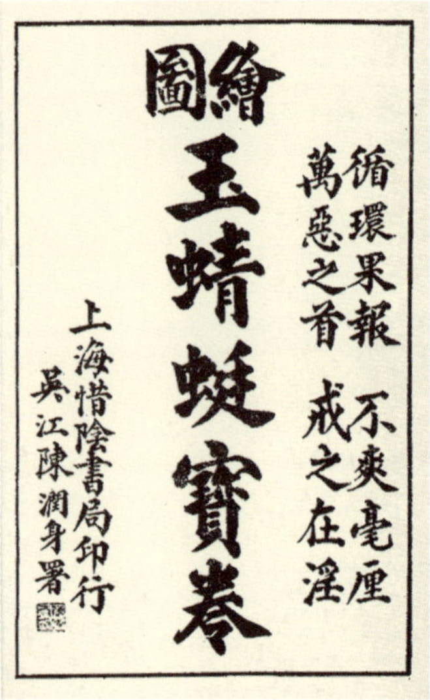

《绘图玉蜻蜓宝卷》书影 杜祯彬 / 提供

弄堂书中有许多已经成为经典的精彩片段，例如《玉蜻蜓》中的《问卜》。《问卜》的情节只需几句话便可说完：金贵升离家出走，杳无音信。金家的女主人——金大娘娘因为思念丈夫，请了一位算命先生来算一算丈夫的凶吉如何。这一段情节即使全部删掉，也不会影响故事主线的进展。然而就是这样简单的一段情节，居然被演绎出了两回弄堂书。

第一回，何瞎子受邀去金家算命问卜。一出场，居然还有几句定场诗。艺人表演瞎子，两眼翻白，没有几年工夫，还真学不上来。到了金家，门房周青虚情假意，假装请何宗宪吃大肉面和汤团，弄得瞎子一场空欢喜。更为无厘头的是：周青的老婆周陆氏出来讨债，逼何瞎子唱一只“稀奇点的”弹词开篇。唱词虽然有点粗俗，不过从蒋月泉的口中唱出来，却也雅俗共赏。

第二回，瞎子由引路丫头荷花带入内院。何宗宪暗示荷花，自己未吃早餐，肚子饿了。荷花端出来一碗肉团子，请瞎子吃。然后演绎出何瞎子吃团子被肉汁烫伤喉咙、胳膊和后背的一场笑话。在听众的笑声中，结束了这一回弄堂书。

《玉蜻蜓》中，还有与《问卜》相似的一回弄堂书——《关亡》。所谓“关亡”，是由关亡婆请来金家的祖宗亡人，询问金贵升的下落。在这回书中，艺人学苏州街上的小贩叫卖，以及召请亡人的一段“关亡”表演，可与上海滑稽戏中的独角戏相匹敌。

成为经典的《问卜》和《关亡》，有许多艺人采用不同风格来演唱。但也有一些弄堂书，则是某个演员的独门功夫。例如《西厢记》的《游殿》。在《西厢记》原著中，只有法聪和尚与张生寥寥的几句台词和一段小曲。本来只是为张生初遇莺莺小姐做的一番铺垫，居然被黄异庵先生演绎成长达 20 回的超级弄堂书——《游殿》。

20 回书确实太过拖沓。不过黄先生妙趣横生的说表，居然使《游殿》成了他的招牌。据说 20 回书经过精炼之后，还有 9 回。我听过黄异庵先生与杨振雄联手的第一回《游殿》。整回书的情节不过是法聪奉茶招待张生，企图化缘募捐而已。据说是受此启发，昆曲居然也推出了一出够演一个小时左右的折子戏——《西厢记 · 游殿》。可见弄堂书影响之大。

塑造人物的需要

有些弄堂书即使全部删节，也不会影响故事主线的进展；但有些弄堂书则起着承上启下的连接作用。这类弄堂书被称为“接榫书”。《玉蜻蜓》中的《看龙船》便是一档接榫书。

在这一回书中，先描述苏州在端阳佳节的赛龙船。金家打理水墙门楼，供金大娘娘登楼观看龙舟，解闷散心。然后描绘南浩街上人头簇拥：有些男人“不入调”，乘机欺负妇女。于是金大娘娘下令，开放门楼底层七间，让妇女进来看龙船。这段情节，通过一位“好婆”的口大作渲染。

品茶听书是老苏州的日常 于祥 / 摄

众多进来看龙船的人，包括一位重要人物朱三姐。此人的扇子上，拴了一只扇坠，正是金家的传家之宝——玉蜻蜓！赛龙船结束，七间头里的观众散去。朱三姐因为脚疼，留在了最后，想等只便船回去。她的扇坠正好被金家的大丫鬟看见。于是把她叫进去盘问玉蜻蜓的来历。这才引出了以后的关子书——徐元宰解血书和庵堂认娘。

弄堂书的存在，必定会塑造一批小角色。这批小角色仅仅出场一次，以后在书中不会再被提起。然而，评弹艺人使这些短暂出场的小人物形象鲜明、有声有色，永远留在听众的记忆之中。

《问卜》中的何瞎子就是一个例子。此外，在《大红袍》中也有一位算命先生——陆子文。与何瞎子不同的是，陆瞎子虽穷，却生性耿直，充满着正能量。

有仇家企图陷害镖客韩林，杀人之后，将人头丢入韩林家中。韩林一时冲动，将人头随手抛入陆子文家中，导致陆子文被公差带到衙门问罪。知县是个贪官，得知陆家一贫如洗，没有油水可捞，逼问陆子文的冤家是谁，好敲别人家的竹杠。陆子文虽穷，却很仗义，抵死不肯嫁祸别人。

在《白蛇传》的《大生堂》片段中，有两位形象鲜明的小角色：老板王永昌和他的跟班阿喜。王永昌唯利是图，处处算计。阿喜却总是讥讽老板的诡计，起到了反衬王永昌奸诈的作用。王永昌为了笼络许仙，断其相思，假意要将自己的二女儿许配给许仙：

王永昌：二小姐格嫁妆，一切家私全部我来。

阿喜：员外，倷又要瞎讲哉。大小姐出嫁时的嫁妆，我又不是呒不看见过。

王永昌：啥个浪推板？光被头，就有六七条得来！

阿喜：噢哟，棉花胎全是梆梆硬格！

王永昌：格是还有四只皮箱得来。

阿喜：全是玄妙观搭淘得来格旧货，盖头浪开仔天窗哉……

像陆子文和阿喜这样的小角色没有英雄光环，而且还有缺点。但正因为如此，却显得真实而接地气。因此很受听众的喜欢。

弄堂书虽然拖沓，却充满着风趣幽默，因此长而不烦，平而不淡，就像是大碗红烧肉之后的一道咸菜毛豆子。这正是——

弄堂虽窄，成书则名；角色虽小，出彩则灵。家长里短，均有故事；嬉笑怒骂，皆成文章。评弹艺术之丰富、多样、细腻、幽默全在于斯也！

“鲇鱼”不应读写“占鱼”

文 / 柯继承

占（鲇）鱼墩一带 于祥 / 摄

苏州老阊门吊桥西南堍，旧时有高地（略高于今南浩街），称鲇（nián）鱼墩（墩，高于平地的土墩，苏州许多地块因高出平地，通名就叫“墩”，如南高墩、北高墩等），属繁华的石路商业地块，曾有赵天禄茶食店、近水台面店等25家商户，在1967年因火灾被夷为平地。1978年后，经地块改造、扩建，鲇鱼墩废墟被逐步改造成供市民休憩游览的绿地公园，称占鱼墩公园。公园西门的磐石上刻有“占鱼墩”三个大字。

从此，除了上年岁的老苏州还把它读写成“鲇鱼墩”外，多数苏州市民和过往游客都想当然地把它读写成“占鱼墩”。尽管有识之士多次提出改正意见，但效果不明显。

左：火烧赵天禄 右：鲇鱼墩被烧后的惨象 杜祯彬 / 提供

值此我国新的《地名管理条例》施行之际，有必要把此事再次提出来。一个随意的手误，导致一个具有吴文化意义的历史地名，被错定成根本不见文化意义而且令人莫名其妙的地名。

关键就是错把“鲇”读写成“占鱼”。

鲇鱼的“鲇”字读 nián，其异体字是“鲶”。“鲇”字，汉代《说文》中就有了，“鲶”字则出现得较晚。据徐珂《清稗类钞·动物类》说：“鲇，俗称鲶鱼。”

鲇鱼是我国淡水中最常见的食肉性鱼类，生长快，鱼肉鲜美，以至于有“鲶（鲇）鱼炖茄子，撑死老爷子”的美谈。鲇鱼在江南水乡地带的流行不仅在于它价廉物美，还在于它形状比较特殊，头很大，口很阔，但尾短而扁平。一般江南的鱼，如鲫鱼、鳜鱼及鲢鱼等身子呈扁形，显得“单薄”，但身上鱼鳞闪亮；鲇鱼却是身子浑圆，作苍黑色，无鱼鳞，但身上多黏质。最“萌”的是鲇鱼头上嘴边有两对“胡须”，它的头大身圆尾扁平的整体形象给人深刻印象。

而通常苏州的土墩、高墩，多为土或瓦砾堆成，在自然力的作用下，常常形成类似于一面（头）大、体浑圆、一面（尾）扁平、色作苍黑的鲇鱼形象，所以人们通常把这类土墩形象地命名为鲇鱼墩。太湖附近至今尚有称鲇鱼湾的地方，取名缘由性质相同。

苏州城区除阊门外的这处鲇鱼墩外，1967年前在城内桃花坞韩衙庄东口、大营弄西端，也有名鲇鱼墩的，乾隆年间的《姑苏城图》上有明确标识。这里原来也是个土墩，远在明代已经存在。唐寅《桃花庵图卷》中庭院旁的土山就是鲇鱼墩所在处。1940年《吴县城厢图》也标注有“鲇鱼墩”。20世纪50年代门牌同样写成鲇鱼墩，只是在1966年改名“火炬弄”，后来恢复原名却被讹写成“占鱼墩”。再后来，这里并入大营弄，原名遂废。

同样，20世纪80年代恢复老地名时，阊门外的这处“鲇鱼墩”也被人写成“占鱼墩”了。问题是，“鲇鱼”确有其鱼，而“占鱼”却是毫无由来的生造词，一点文化意蕴都没有。可笑的是，《吴县城厢图》是苏州被日军占领后出版的，或许日本人对阊门外的南浩街北端这处“鲇鱼墩”不大认识，居然把它写成了“鲫鱼坊”。

“鲇鱼”不应读写成“占鱼”，是因为“占鱼”一词毫无意义，而且讹写它也只有几十年历史，完全应当恢复“鲇鱼”原名。

说到讹写，有人会把“宜多宾巷”提出来比附。人民路宜多宾巷旧名糜都兵巷，原为宋代抗金将领糜登故里，都兵是其官职。卢熊的《苏州府志》写作“麋都兵巷”，王鏊的《姑苏志》、冯桂芬

占（鲇）鱼墩 杜祯彬/摄

占（鲇）鱼墩公园 杜祯彬 / 摄

的《苏州府志》都写作“縻都兵巷”，而1745年绘制的《姑苏城图》则标注为“泥土壁巷”，1921年绘制的《最新苏州城厢图》以及以后的苏州地图均作“宜多宾巷”。

100多年了，“宜多宾巷”已经约定俗成。街巷房屋栉次比邻，居住民多，若要改名，社会成本较大。另外，“宜多宾巷”可解释成苏州宜于更多宾客来居，即“宜居”之处，赋予了新义，比较吻合苏州城宜居的特质，就这点而言，不仅是约定俗成，而且已经“积非成是”了。

而“鲇鱼”讹写成“占鱼”，却一点道理也没有，与“宜多宾巷”不可同日而语。“占鱼墩”已无居民和其他单位设置，恢复“鲇鱼墩”其名，社会成本极小，也可为有“乡愁”意义的“吴文化地名”留个遗产。

顾曾平 / 绘

我的北局往事

文 / 王梦沂

小太阳灯

观前地区的小公园，明代在此处设有专供皇室丝织品的织造局，清初时在城南又另建了织造府，就把原来的织造局称为北局。

一说起北局，年过花甲的老苏州人会很自然地想起二十世纪六十年代乘风凉时，穿着拖鞋去小公园广场，争睹安装在人民商场楼顶上的“小太阳”灯的滑稽往事。

那是1965年夏天，北局小公园广场结束了几十年来一直用白炽灯照明的历史，安装上了一种高压汞灯。因为这种灯特别亮，苏州人就给它起了一个很响亮的称号：“小太阳”。一时间里，“小太阳”成了街谈巷议的热点。

以前的苏州人，夏天的夜晚是很少宅在家里的。男女老少都喜欢到外面小巷弄堂里去乘乘风凉。那时我家刚搬到铁瓶巷南的双成巷里。双成巷离北局没多少路。走出铁瓶巷跨过乐桥，到北局只需七八分钟。沿着人民路穿过塔倪巷走到北局，最多也就十分钟。记得有天傍晚，天色还没有完全暗下来。吃过晚饭的人们又开始乘风凉。忽然有人提议说去北局看“小太阳”吧，于是大家便纷纷响应。

我穿了一双木屐板，也行进在热闹的人群中。木屐板实际就是木板做的拖鞋，又叫“木局板”或“塌喇板”。夏天走苏州的弹石路，没有比木屐板更惬意的鞋具了。直到现在，我仍会时常想起儿时穿着木屐板走在弹石路上的情景。那种清脆响亮的“踢呖嗒啦”的声音，仿佛是向全世界宣扬自己的存在。

从四面八方六城门来到北局的居民，除了看电影、逛人民商场，很多人是专门来看“小太阳”的。那场面煞是壮观，赛过轧神仙。七点左右，“小太阳”在人们的喧哗声中突然绽放。一团耀眼的强光从人民商场顶楼上照了下来，瞬间把整个小公园广场照耀得如同白昼。

“这灯怎么这么亮啊？”不少人发出这样的赞叹，脸上流露出好奇、惊喜的神色。拥挤的人群中，小商贩们则高声地叫卖着棒冰、山北盐炒豆。居住在附近的居民，竟然搬来了桌子方凳，在“小太阳”灯底下打起了扑克牌。年纪尚小的我被人流裹挟着，也看不出些所以然，只是看见满地的棒冰纸，

左：北局改造前　右：民国时期的北局小公园　杜祯彬 / 提供

还有不知是谁被踩丢了的拖鞋。不一会，我的木屐板带子也被人踩断了，只得赤脚拎着它回了家。

儿时的北局，有想象不到的繁华。其实清末民初时，北局还是一片荒凉地。后来基督传教士在苏州活动逐渐频繁，先后在这里建立了礼堂“乐群社”和青年会（原新艺剧场位置）。青年会中设有高等浴室、理发室、电影院、弹子房、食堂等，食堂兼备中西大菜、西点咖啡，食物种类非常丰富。由于当时苏州不少教徒都是高级知识分子，颇善交际，与苏州郡绅、权贵联系密切，所以一场西风东渐的变革就在上流社会中流传开来，青年会也就成了苏州上层分子的社交中心。荒凉的北局，也慢慢成了苏州最热闹、最时髦的场所。再后来，有人相中了这块繁华的宝地，筹资营造了一家戏院，这就是后来的开明大戏院。

开明地下西餐厅

小时候，我常跟着在省苏昆剧团当演员的舅舅到开明大戏院去白相，看白戏那是家常便饭。

我们从侧门进去。我先进化妆间看舅舅和演员们化装，演出开始后，我就跑到观众厅旁边的灯光间去看戏。那是凸出在剧场两侧墙面、像小隔厢一般的三角小楼。灯光师在投光灯前面安了一块可以旋转的硬纸板，上面挖有四个圆孔，分别贴有红绿黄蓝的透明玻璃纸，需要时用手拨动，便可将各种不同颜色的灯光投向舞台。

难忘的是开明地下室的西餐厅。说是地下，其实其高度只能算是半地下室——从路面上那低矮的彩色窗户中，能望得到餐厅里面的车厢式桌椅。有时，晚上舅舅演出结束，将正在打瞌睡的我叫醒，我们两人来到开明地下西餐厅，分吃一块中冰砖，再加只小面包。等养足了精神，这才笃悠悠地回家。

开明大戏院 杜祯彬 / 摄

开明地下室应该是苏州第一家西餐厅了，其实也不能算豪华，但在当时却是时尚消费的代名词。光顾的客人多是时髦的青年人和文艺界人士。特别是夏天，因为开放了冷气，又供应上海光明冰激凌，让很多年轻人为之向往。一对对恋人在开明或新艺剧院看完戏，或在大光明、苏州电影院看完电影，散场时往往汗流浃背——当时影剧院都只有电扇，开明大戏院到1975年才安装了冷气——此时走进开明大戏院的地下西餐厅，一股冷气扑面而来，沁人心脾，落座后点上光明冰激凌或正广和冰汽水，或来一杯咖啡，简直是一种高级享受了。

而所谓的西餐，也只是简单的罗宋汤、牛排、面包、葡萄酒之类，离正宗西式大餐当然还有一段距离，不过味道总算还过得去。而年轻男女们则意不在此，他们主要是去享受那里迷离的灯光和浪漫的气氛的。坐坐车厢式座椅，体验一下从未用过的西洋刀叉，或许会成为他们一段时间里值得炫耀的谈资呢……

顾曾平 / 绘

拖过木脚板

文 / 徐保卫

有一种拖鞋，苏州人有叫“塌喇板”的，有叫“木拖板”的。我叫它“木脚板”。

“呱啦哒……呱啦哒……”，这是大热天拖着木脚板走过的声音。这声音曾经响彻苏州的大街小巷，一直到新世纪来临前，才渐渐听不见了。

木脚板，据说在隋唐以前就有了。我后来看《红楼梦》，知道贾宝玉也穿过木脚板。当然，这公子哥的木脚板，一定很上档次。

在我的童年时代，一到大热天，左邻右舍的男女老少大都穿木脚板，因为凉爽，实在舒服。有一道常常可以看见的风景：有人在老井旁边用凉凉的井水冲光脚，而边上，一定会有一双鞋是木脚板。

童年的我，常常拖着木脚板，跟着萤火虫，过巷口，下小桥，乘风凉，唱儿歌。这里的巷子里，总能听见来来往往的“呱啦哒……呱啦哒……”的声音。有时候，几双木脚板的声音叠加起来，节奏缓急有致，颇像曲艺里的“打竹板”。

有时候玩到很晚回家，我总是光着脚，拎着木脚板，轻手轻脚地走进家门，生怕穿着木脚板在裂纹的青砖地上弄出声音，吵醒了大人。

其实，拎着木脚板走路还有过几次。那是走街串巷去相门外的大河潲河浴[①]的时候。每次经过仓街口“第三监狱”围墙下时，我就会脱下木脚板，光着脚，小心地走在窄窄的人行道上。因为高高围墙上方的警亭里，有端着枪的武警战士，很是威严。

潲河浴时木脚板竟也成了孩子们的玩具——下水前，大家纷纷把木脚板用力扔向河中央，然后，纵身跃入水中，争先恐后地朝漂浮在水中的木脚板游去。不经意间，木脚板越漂越远，我们也越游越远。直到天色已晚，岸边传来大人们又怨又骂的喊叫声……

① 此行为危险，不可模仿。现已不提倡潲河浴（野泳），请至正规游泳池游泳。

左：那年那月的“木脚板”　右：比较考究的“木脚板”　作者 / 提供

那时的木脚板大多是自己做的，比较简陋：前面的带子多数是帆布，也有用皮子或轮胎内胎的。带子是用皮匠打鞋掌用的钉子钉上的。如果钉得不好或木质差，时间长了带子与钉子往往会分家，带子的一头就会掉下来，这样，木脚板就不好穿了。每当此时，父亲总会说：“不要修了，修了也不舒服，还不如再做一双，或者干脆去买一双。再说，你的脚又长长了。”

那时的孩子们吃完晚饭常常要出去疯玩。这时，母亲一边点燃“蚊虫香”，一边会叮嘱我不要乱跑，唠唠叨叨地说穿木脚板走得太快会跌跟头：“跌断吁脚，跷脚哉，下趟讨不着家主婆的！”

有一次，我与邻家小伙伴们玩“官兵捉强盗”。奔跑中一只木脚板的带子掉下来了。幸好小伙伴的父亲也会收作，找来钉子帮我钉好了带子，带子两边还另外垫上了一条黑色的皮子。这就免去了我拎着它光脚回家的皮肉之苦。

物资匮乏的年代，之所以流行木脚板，一是风凉，更主要的怕是为了省钱吧。考究点的人家，往往会用木质好一些的做木脚板，形状做得光滑些。如此而已。我还清晰地记得“人字拖”刚刚开始流行的时候，我在凤凰街的一爿杂货店里还看见过彩色的木脚板，真是好羡慕啊！

一晃几十年过去了。现在的人们会穿着各式各样的拖鞋出门——海绵的、橡胶的、塑料的，美观时尚。偶有断裂的情况，也没什么人会想到去修理它，一扔了事。旧的不去，新的不来。

如今，木脚板已经淡出了人们的生活，“呱啦哒……呱啦哒……”的屐声成为童年遥远的记忆。在大热天的睡梦中，可以把我吵醒的，也许就是这渐行渐远的声音了。